√8·2315
D1077315

dirigée par André Vanasse

BIBLIOTHÈQUE LE CLUB DES FEMMES
D'AUJOURD'HUI DE LAVAL

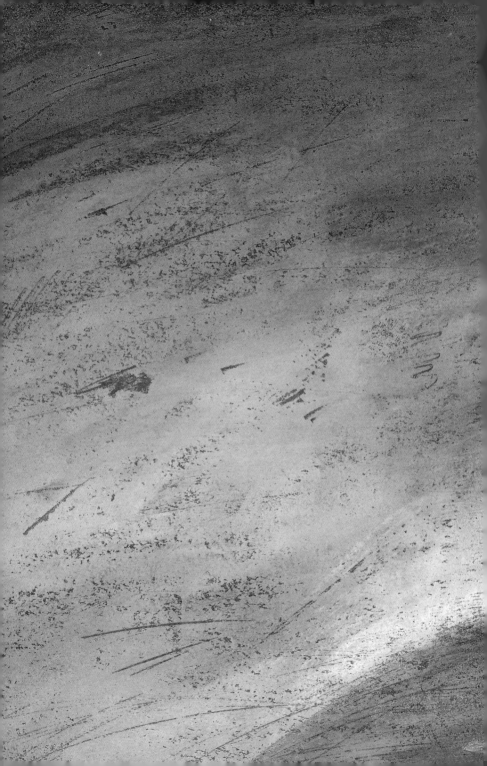

Données de catalogage avant publication (Canada)

Lazure, Jacques

  La Valise rouge

  (Collection Littérature d'Amérique).

  ISBN 2-89037-368-1

  I. Titre. II. Collection.

PS8573.A98V34 1987   C843'.54   C87-096417-8
PS9573.A98V34 1987
PQ3919.2.L39V34 1987

TOUS DROITS DE TRADUCTION, DE REPRODUCTION
ET D'ADAPTATION RÉSERVÉS
© 1987 ÉDITIONS QUÉBEC/AMÉRIQUE
DÉPÔT LÉGAL :
BIBLIOTHÈQUE NATIONALE DU QUÉBEC
4e TRIMESTRE 1987
ISBN : 2-89037-368-1

Jacques Lazure

LA VALISE ROUGE

nouvelles

QUÉBEC/AMÉRIQUE

425, rue Saint-Jean-Baptiste
Montréal (Québec)
H2Y 2Z7
Tél. (514) 393-1450

L'auteur remercie le ministère des Affaires culturelles pour sa collaboration.

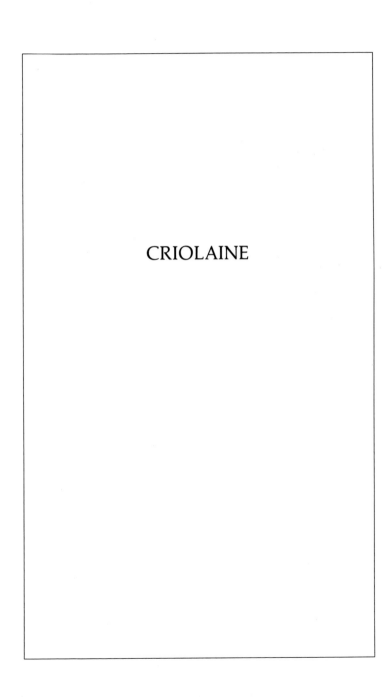

CRIOLAINE

I l me faudra raconter toutes ces choses. Ne rien oublier. Je ne sais pas pourquoi, je n'en ai encore jamais parlé. Sans doute par jalousie. Ou plutôt par égoïsme. Certains souvenirs vous brûlent tellement la poitrine que vous n'osez pas extirper cette profonde douleur. Vous l'entretenez, la retournez comme on retourne la terre en automne afin de l'enrichir. Puis, avec le temps, la brûlure devient chaleur intense dont vous ne pouvez plus vous passer. Vous restez là, impuissant, masochiste, convaincu que ce tourment refoulé est votre seule raison de vivre.

Si je parviens à reprendre temporairement la plume après toutes ces années sans écrire, ce n'est pas pour extraire la souffrance mais bien pour la garder intacte, avec des mots, avec le désir de faire durer plus longtemps la trace éphémère de notre fille Criolaine.

Criolaine est née en avril, il y a déjà vingt ans. Je me souviens... C'était un peu avant Pâques, l'hiver disparaissant lentement sous les rayons puissants du soleil. Sophie, ma compagne, lui avait donné ce nom étrange. Criolaine... Sophie aimait les prénoms originaux, les prénoms qui ont une signification précise. Dès sa naissance, notre petite fille avait montré des signes d'allergies à tous les tissus sauf à la laine. Si on la déposait sur du coton ou sur du satin, son corps se tortillait sans arrêt. Sa peau se couvrait alors de pigmentations rouges, repoussantes comme des gales. Toute sa vie, elle a donc porté des vêtements de laine. Vers la fin, quand les vêtements lui étaient devenus insupportables, elle recouvrait malgré tout sa peau blanche d'un large édredon de laine. De plus, Criolaine poussait constamment des cris perçants. La régularité de ces cris nous amenèrent vite à penser qu'elle n'était pas une enfant normale.

Criolaine n'atteindrait jamais vingt ans. Nous le savions déjà, sa mère et moi. Sophie refusait cependant de l'admettre. Pourtant, il fallait bien se rendre à l'évidence : Criolaine avait un grave problème de respiration (elle gardait la bouche constamment ouverte) et son cœur battait souvent à un rythme irrégulier, provoquant des secousses, des palpitations étranges. Nous avons consulté plusieurs médecins. La plupart hochaient la tête, silencieux, comme s'il s'agissait d'une malédiction du ciel.

Ce n'est pourtant que deux ans plus tard, par une journée froide du début de mai, que je pris vraiment conscience du fait que le séjour de notre fille sur terre serait bref. À l'époque, nous habitions un quartier paisible de la métropole. Tous les après-midi, j'avais pris l'habitude de marcher dehors avec Criolaine. Même si elle s'essoufflait vite, Criolaine aimait m'accompagner ; d'ailleurs, elle se tenait bien sur ses deux jambes. Ce jour-là, je sentis sa main froide dans la mienne. Pour la réchauffer je me suis penché vers elle, lui ai pris ses menottes en soufflant sur ses doigts. C'est alors que j'ai vu le fond de sa paume que je n'avais jamais vraiment remarqué. Dans le creux de cette petite main se dessinait une minuscule ligne, un court sillage sur la peau. On ne pouvait rien lire dans cette main. Rien de durable. J'ai refermé ses doigts sur cette ligne de vie inexistante et l'émotion m'a gagné. J'ai pleuré. Je revois encore le regard interrogateur de ma fille et sa bouche ouverte qui lui donnait un air hébété. Ce regard, cette bouche me bouleversaient encore plus.

Peu à peu, nous nous sommes habitués à l'idée du départ de Criolaine. En côtoyant sans cesse l'idée de la mort, on finit par l'identifier à la vie. Pourtant Marilune et Angéline, nos deux autres filles, voyaient bien, elles, que nous nous accrochions plus à Criolaine, la gâtant davantage, nous pliant à ses caprices comme si nous compensions l'offense de l'avoir fait naître pour mieux la laisser mourir.

Criolaine n'a jamais eu d'enfance. Je veux dire qu'elle n'a jamais connu cette période d'apprentissage et d'émerveillement reliée à l'enfant. Nous la pensions incapable d'apprendre, victime d'une aliénation précoce. Au contraire, elle semblait déjà connaître les formes et les couleurs et tout paraissait trop simple. Elle abandonna vite les cubes et les billes pour se consacrer aux chiffres et aux lettres. Mais ces jeux n'avaient jamais l'air de l'amuser. Elle se hâtait d'apprendre, sans découvrir, sans s'émerveiller, poussée par une fatale nécessité. On aurait dit que, sachant ses jours comptés, elle avait décidé de prendre

uniquement ce qui pouvait alimenter sa courte
enfance afin de passer rapidement à autre chose.
À trois ans, elle se mit à dessiner. Nous étions
fiers de la voir s'adonner à cet agréable passe-temps
mais cela devint vite une passion, le simple jeu
n'existant pas chez Criolaine. Elle pouvait passer
des journées entières la tête penchée sur des croquis,
à tracer des cercles, des triangles, des lignes. De
temps à autre elle s'arrêtait, éloignait le cahier à
dessin à bout de bras afin de mieux juger le résultat
puis, insatisfaite, déchirait la page. Recommençait.
Elle faisait cela tous les jours. Installée sur la table
de cuisine, elle s'insurgeait si on la dérangeait. Sophie
aurait bien aimé la voir dessiner avec elle dans son
atelier. Elle lui avait même aménagé un petit coin
tranquille. Pendant que maman peindrait, la petite
Criolaine dessinerait avec elle. Quoi de plus touchant !
Mais notre fille refusait obstinément de quitter la
table de cuisine. Elle continuait de noircir la page
blanche, hachurant, traçant et reproduisant des
formes géométriques.

Sophie, qui avait déjà enseigné les arts plastiques,
affirmait que Criolaine possédait un grand talent en
dessin. Pour ma part, je ne comprenais pas grand-
chose aux figures souvent identiques, éparpillées ici
et là sur la feuille. Par exemple, Criolaine dessinait
parfois des tas de cercles, des petits, des grands, les
uns enchevêtrés aux autres et ce, dans un jumelage
savant. Mais à quoi correspondait tout cela ? Sophie
m'expliqua un jour le sens de ces formes, me faisant
voir des contours plus subtils derrière les cercles.
Les figures géométriques cachaient un autre dessin :
j'y voyais un corps couché sur le côté, dans une

position inconfortable car sa tête basculait dans le vide. Le personnage semblait dormir, ses yeux étaient clos. Malgré cette étrange position, le corps entièrement nu dégageait une sérénité, une pureté qui me donnèrent des frissons. Sophie ressentait également la même émotion. En regardant le dessin silencieusement, elle avait des picotements sur la peau.

Criolaine s'amusait souvent à faire mon portrait. Elle m'installait là, devant l'armoire, pendant qu'elle dessinait, jetant un regard parfois vers moi, parfois vers le dessin. Je jouais le modèle docile et j'en profitais pour bien regarder ma fille, ses gestes, cette passion sauvage qui lui dévorait les yeux. Nous avions fini par découvrir tous les deux, mais sans jamais se l'avouer, que cette mise en scène était prétexte à confronter nos regards. En dehors de ces portraits, Criolaine m'évitait. Elle me regardait rarement, comme si elle avait peur d'être jugée. De mon côté, reconnaissant son malaise, je n'insistais pas. Le portrait était donc devenu l'unique façon de nous apprivoiser mutuellement. À chaque fin de séance, j'admirais cet amas de triangles, de losanges et de carrés. Derrière cette géométrie, je distinguais maintenant parfaitement mon visage osseux, le profil de mon nez et le gonflement de mes paupières qui me donnait un air ténébreux. J'en étais toujours bouleversé.

Deux ans plus tard, par un jeudi pluvieux, Criolaine arrêta subitement de dessiner. Ce jour-là, Sophie lui avait offert un petit cadeau. Nous encouragions le talent de notre fille en nourrissant constamment son imagination. Ainsi, Sophie lui avait acheté un beau livre d'art moderne, persuadée d'éblouir et de stimuler l'enfant.

En ouvrant l'album au hasard, Criolaine resta figée devant l'image qui lui apparut. Elle se leva subitement, recula, hébétée, les yeux ronds, la respiration haletante. Croyant à de nouvelles palpitations, si fréquentes chez sa fille, Sophie s'avança prudemment vers elle en essayant de la rassurer. Mais Criolaine fuyait déjà vers sa chambre en poussant un cri terrible. D'ordinaire, quand son cœur battait trop fort, notre fille était incapable de crier, encore moins de courir à toute vitesse. Que s'était-il donc passé ?

Sophie se pencha vers le livre. Il était ouvert à la page 247 et montrait une toile cubiste de Juan Gris intitulée *La Guitare sur la table.* À partir de ce moment, on ne vit jamais plus Criolaine dessiner. L'époque des dessins s'était terminée par cette surprenante vision de Criolaine. La toile de Juan Gris avait suffi à lui enlever toute envie de dessiner. S'était-elle rendu subitement compte de l'absurdité de la reproduction artistique ou bien la toile lui avait-elle fait peur au point de briser son jeu, son expression ? Nous ne l'avons jamais bien su. Nous avons tenté d'exorciser ce traumatisme en la motivant de nouveau, en la rassurant, en lui montrant tout le plaisir que nous avions à la voir dessiner. Le désarroi de Criolaine semblait plus profond car elle ne mordait pas à ce procédé enfantin. Elle nous regardait avec des yeux ronds, une bouche tremblante, redoutant cet album qui la terrorisait. Pour la première fois, j'ai saisi combien il était difficile de percer le secret de ce petit être fragile. Notre fille s'isolait en elle-même, bâtissant des murs, refusant l'aide que nous lui apportions. La toile de Juan Gris l'affolait et elle entendait bien garder jalousement cette folie pour elle seule, creusant un large fossé entre elle et le reste de la famille.

Ce n'est que beaucoup plus tard que nous avons compris, en analysant ses premiers dessins, le geste ultime de Criolaine. À l'instar des peintres cubistes, elle utilisait des formes géométriques pour exprimer le sens du dessin. Elle avait inventé son propre langage et subitement, en ouvrant le livre d'art moderne, elle avait constaté que cette forme existait déjà. Mieux valait s'arrêter là plutôt que d'imiter. Bien sûr, notre explication demeure assez simpliste, sans fondement, mais l'avenir allait nous donner raison : Criolaine était incapable de vivre en dehors de l'invention, de l'innovation. Aujourd'hui, j'irais même plus loin : Criolaine avait inventé le cubisme et toute son inspiration convergeait vers une vision semblable à *La Guitare sur la table*. Criolaine visualisait l'art de Juan Gris. En constatant que c'était déjà fait, en confrontant les œuvres de Gris à sa propre vision, elle ne voulait plus perdre son temps. Elle décida d'arrêter. Et lorsque Criolaine prenait une décision, elle ne faisait jamais marche arrière. C'était fini, classé, oublié.

Cela se passa de la même façon en ce qui concerne l'école. Après sa première journée de classe, nous avions compris qu'elle n'y retournerait pas. Le soir, elle avait jeté tous ses nouveaux cahiers en rangeant son sac dans la garde-robe de mon bureau, endroit où Marilune et Angéline déposaient leur matériel scolaire la veille d'un congé ou la fin de semaine.

Finie l'école. Classée, oubliée. Nos conseils, nos exhortations, nos colères n'y firent rien. Criolaine se rendait-elle compte qu'elle perdait son temps à l'école ? Au début, nous hésitions à l'affirmer, convaincus de céder encore une fois au moindre de ses caprices. Mais peu à peu notre fille organisait soigneusement son temps et ses activités. Ainsi, en demeurant à la maison, elle apprit rapidement à lire et à écrire.

L'écriture devint d'ailleurs sa nouvelle passion. N'ayant pas un vocabulaire assez riche, elle inventait parfois des mots, leur donnant une signification précise. Elle se forgea un dictionnaire personnel qui contenait plus de trois cents mots. Par la suite, elle se mit à jouer avec ces derniers, employant une technique de mots cachés. Ces mots inventés ressemblaient au style des dessins qu'elle faisait trois ans auparavant. En apparence, comme avec ses amas de cercles, ses mots inusités s'enchevêtraient les uns dans les autres, sans suite apparente. Puis elle coloriait certaines lettres au crayon rouge, d'autres au crayon bleu. Il fallait alors agencer toutes ces lettres coloriées pour y voir un message. Le jeu n'était pas nouveau mais cette fois-ci, nous nous sommes bien gardés de l'initier à d'autres jeux, de lui relater les expériences des poètes surréalistes du début du siècle. Par l'invention, elle ferait elle-même tout ce cheminement. De fait, elle raffina son style : les mots cachés en couleurs se changèrent bientôt en sons cachés. Elle écrivait des phrases sans queue ni tête, avec des mots nouveaux, mais lorsqu'on lisait le texte à haute voix, les sons apportaient une signification aux phrases, à la grande surprise du lecteur. Le message n'était pas inscrit sur le papier mais porté par la voix, supporté par les sons. Criolaine avait compris l'essence même de la vraie poésie.

La maladie vint interrompre ses intéressantes recherches d'écriture. Un soir, elle fut prise de toussotements désagréables et son cœur palpita plus longtemps qu'à l'accoutumée. On la transporta d'urgence à l'hôpital. Elle venait d'avoir neuf ans. Quand elle en sortit, elle en avait douze. Elle était restée trois longues années étendue sur un lit en proie à de fréquentes palpitations et à un manque d'oxygène régulier. Chaque jour, nous nous attendions à sa mort. Mais Criolaine était courageuse. Elle résistait, elle combattait, elle s'acharnait à vivre. Curieusement, on aurait dit que nous compensions, sa mère et moi, son inactivité créatrice par un débordement d'énergies littéraire et artistique. À cette époque, entre l'hôpital et la maison, je trouvais le temps d'écrire un troisième roman, un ouvrage énorme publié bien avant que notre fille sorte de l'hôpital. Pour sa part, Sophie s'était remise à peindre avec une frénésie peu ordinaire. Elle exposa dans plusieurs grandes villes canadiennes et américaines dont New York, Los Angeles et Vancouver où elle obtint un énorme succès.

Clouée dans son lit, Criolaine passait ses journées à regarder la télévision. À la maison, elle avait toujours ignoré cet appareil qui lui paraissait sans intérêt. Mais à l'hôpital, elle gardait ses yeux continuellement rivés sur l'écran. J'étais venu la voir tôt, un matin. À la télévision, la programmation quotidienne n'était pas commencée et pourtant Criolaine observait attentivement l'image enneigée. Une autre fois, à son anniversaire, nous étions tous à son chevet, Sophie, Marilune, Angéline et moi et pendant la visite, elle n'avait pas cessé de fixer l'écran, refusant de nous voir, de nous parler.

À quoi Criolaine a-t-elle pensé durant cette longue période ? A-t-elle écrit ? S'est-elle remise à dessiner ? Comment cette enfant passionnée a-t-elle pu vivre trois années ennuyeuses en s'abrutissant devant le téléviseur ? J'aurais bien aimé trouver des réponses à ces questions. Mais je n'en ai jamais rien su. En sortant de sa longue maladie, Criolaine avait définitivement rayé de sa vie ces années perdues. Finies, classées, oubliées. De sorte qu'elle n'a jamais voulu en parler.

Cette expérience lui a cependant procuré un sentiment d'urgence. J'en suis persuadé. Cela se lisait chaque jour sur son visage. Elle était pressée et désirait ardemment faire quelque chose. Elle s'était remise à l'écriture avec une énergie peu commune. Elle avait aussi découvert la lecture. Non pas le plaisir de lire. Quand on l'observait bien, on devinait qu'elle n'éprouvait aucune joie à feuilleter des volumes. C'était par besoin, par devoir.

Elle prenait les livres au hasard dans ma bibliothèque et pourtant son choix, toujours nettement au-dessus de ses capacités, correspondait sûrement à ce qu'elle cherchait. Elle lut ainsi toute l'œuvre de Proust, de Flaubert et de Sartre. De Rimbaud, elle ne lut que deux pages. De Baudelaire, à peine un poème. Elle s'attarda longtemps sur l'œuvre des

romantiques allemands. Je crois qu'elle cherchait un
appui, le souffle d'un vent imaginaire lui permettant
de voler de ses propres ailes en littérature. Je savais
qu'elle forçait son imagination et j'essayais, pour
avoir déjà vécu cette période, d'encourager Criolaine
à aller plus loin. Elle refusa catégoriquement mon
aide. Elle adopta une attitude froide, distante, hau-
taine, qui me blessa profondément. Je n'étais pas à la
hauteur. Ce refus me mit encore une fois devant
une évidence que je n'aimais pas admettre : je n'étais
rien, moi, seulement un petit écrivain aspirant à la
célébrité et à la notoriété. Je n'avais ni l'intelligence
d'un Sartre, ni le style d'un Proust, ni le souffle
créateur d'un Flaubert. Ma fille ne fréquentait que
les grands. Je lui en ai voulu jusqu'à sa mort. Et
même au-delà.

Curieusement, alors que j'aurais pu l'aider, Criolaine se tourna vers sa mère en lui demandant
constamment des conseils sur l'art d'écrire et de
composer. Mal à l'aise dans ce rôle, Sophie essayait
de se dérober en l'incitant à venir me voir. Mais
Criolaine persistait et s'entêtait à m'ignorer, à me
mépriser. Je me sentais profondément humilié.
Lorsque notre fille, en proie à des palpitations,
demandait à Sophie de lui faire la lecture et que
celle-ci acceptait, j'y voyais une forme de conspiration,
une alliance pour mieux me réduire à néant. Criolaine
faisait semblant d'haleter pour que Sophie s'occupe
d'elle. Je le savais. Ce rituel de lecture devenait peu à
peu un prétexte à rapprochement mère-fille excluant,
éliminant le père que j'étais. Je finis par devenir
jaloux et en vouloir à Sophie. Pourtant, je n'arrivais
jamais à lui exprimer le fond de ma pensée, à vider la

question sur son comportement face au jeu ridicule de Criolaine.

Aujourd'hui, je sais Sophie victime des mêmes machinations que moi. Les séances de peinture où nous nous regardions, Criolaine et moi, n'ont-elles pas été insupportables pour Sophie ? Combien de fois les regards dédaigneux de notre enfant sur les toiles de Sophie ne l'ont-elle pas réduite à néant ? À l'époque, centrés sur nos frustrations d'artistes, nous nous démolissions mutuellement par notre indifférence réciproque pendant que Criolaine nous rongeait de l'intérieur comme un termite redoutable.

Un événement majeur allait irrévocablement ébranler l'union déjà fragile de notre couple. Criolaine devenait de plus en plus difficile à saisir. Tantôt elle me haïssait et adorait sa mère, tantôt elle semblait m'admirer pour mieux ridiculiser Sophie. Elle avait l'art de toujours nous rendre complices de ce changement de relation, si bien que celui de nous deux qui était laissé à l'écart se sentait doublement rejeté.

Ce jour-là, Sophie venait de terminer une série de tableaux dont elle était fière. Elle avait mis beaucoup de temps à cette œuvre mais Criolaine, en l'espace de cinq minutes, avait barbouillé toutes ses toiles avec ses propres excréments. Évidemment, Sophie fulminait et, pour calmer sa colère, je proposai une promenade à la campagne. Je savais que cette promenade punirait Criolaine. Elle détestait la campagne, l'été, le soleil. On peut deviner la difficulté que pouvait avoir une jeune fille toujours habillée de laine à vivre durant la saison chaude. À l'intérieur de notre Peugeot, nous roulions encore dans les rues sales de la ville lorsque Criolaine vit un vieil édifice abandonné. Elle se mit à crier. Je dus m'arrêter. La petite voulait absolument descendre pour visiter le bâtiment en ruine. Le prétexte était bon pour l'éloigner un peu de sa mère qui perdait patience. Je sortis donc de l'automobile avec elle, pour satisfaire son caprice.

Cette fois-ci, Criolaine ne cherchait pas à nous contrarier. Je m'en rendis immédiatement compte en regardant ses yeux. Ses pupilles bougeaient sans cesse, ses paupières se relevaient. Elle se dirigea d'un pas lent vers un mur de briques décolorées. Elle semblait vivre une profonde émotion, éprouver une sorte de vibration intérieure qui se répandait jusqu'à la pointe de ses doigts tremblants. Elle n'arrivait plus à contrôler le mouvement rapide de sa main posée sur le mur de la façade. Elle frissonnait. Criolaine avait été attirée là et elle s'agitait comme la baguette du sourcier en présence d'eau. Que percevait-elle que nous n'avions pas vu ?

Je lui pris la main et nous fîmes le tour du bâtiment. Je me souviendrai toujours de sa petite paume froide contre la mienne. Je concentrais toute mon attention sur ce contact distant, celui de la main de ma fille dans la mienne, et je me disais que seule cette petite écorce, cette petite peau, m'appartenait un instant. Le reste, le sang coulant dans ses veines, les frissons parcourant son dos, les regards analysant l'espace, les idées traversant son cerveau, m'échappait entièrement. Et cela me désolait autant que ce sinistre spectacle, là devant nous : tout était en ruine. Il ne restait plus à ce vieux bâtiment qu'une ridicule charpente qui s'efforçait de tenir debout malgré l'entêtement des briques à vouloir l'abandonner. On avait barricadé toutes les fenêtres pour mieux cacher aux passants le vide de l'édifice. Comme elle ressemblait à un être humain sans yeux, cette maison sans fenêtres ! Cette image est encore très présente en moi. Oui. Le bâtiment restait bien seul parmi les siens, perdu dans la ville comme un aveugle abandonné. Et nous déambulions dans cet endroit dérisoire en faisant attention de ne pas trébucher sur les vieilles briques, sur les panneaux de bois, sur les éclats de verre éparpillés un peu partout.

Du côté ouest, je vis une porte encore solide mais à demi ouverte. Criolaine m'entraîna vers cette porte et voulut pénétrer à l'intérieur. J'essayai de lui expliquer le danger que représentait cette visite mais Criolaine n'en fit qu'à sa tête et je dus la suivre.

À l'intérieur, tout était sombre, les murs fendus paraissaient noirs. Les cloisons séparant les différentes pièces ne représentaient plus qu'une armature vide constituée de poutres fragiles. Les plafonds, à demi rongés par le feu, risquaient de s'écrouler à tout moment et on entendait le vent rouler sur la tôle.

Je m'apprêtais déjà à sortir lorsque Criolaine, lâchant ma main, fit le tour de la pièce. Elle semblait contempler ce lieu décrépit et y attacher beaucoup d'importance. Je voulais lui rappeler son imprudence et l'inviter à sortir mais en se retournant, elle me regarda droit dans les yeux. Jamais je n'avais vu ma fille avec un tel regard. Ses yeux étaient mouillés ; ses pupilles immobiles, empreintes de résignation, se confrontaient aux miennes. Je n'arrive pas à trouver les mots justes pour décrire véritablement ce qui se passa en moi, en elle. J'avais l'impression qu'elle ne regardait pas son père mais plutôt un être vidé de l'intérieur, un être devenu transparent par ce seul regard. J'éprouvais une gêne insurmontable.

Puis, subitement, Criolaine se jeta dans mes bras. Intimidé par ce geste, je sentis une chaleur parcourir mon dos. Depuis son retour de l'hôpital, Criolaine n'avait jamais manifesté d'affection en nous serrant contre elle. C'est pourquoi j'eus l'impression de tenir ce petit corps contre moi pour la première fois. J'étais très ému. Je caressais maladroitement ses cheveux tandis qu'elle se collait davantage contre moi. Elle tremblait. Elle avait froid. Je pris sa tête entre mes mains et, malgré la pénombre, je vis ses joues ruisselantes de larmes. J'aurais voulu lui parler, savoir ce qui se passait à l'intérieur d'elle-même, lui demander des explications sur son comportement bizarre avec Sophie, ses sœurs et moi. Mais Criolaine n'était pas en mesure de me répondre. Je le savais à cette façon qu'elle avait de me regarder, à cet œil neuf, absent du corps et des pensées. Il n'y avait que l'émotion à l'état pur chez elle, une pulsion sauvage, presque animale. Et puis, je n'arrivais pas à trouver les mots pour lui parler. Tout se bousculait et se figeait en même temps dans ma gorge. Mais il y avait dorénavant, entre nous, ce regard étrange, ce geste unique. Entre nos deux profondes solitudes, un souvenir nous liait pour toujours.

Je commis l'erreur de ne pas parler de ce rapprochement à Sophie. Je préférais garder jalousement le secret de notre intimité, craignant de la blesser si elle apprenait que Criolaine m'avait montré son amour en la laissant à l'écart. Au fond, Criolaine avait peut-être accordé la même affection à sa mère qui gardait le même silence pour les mêmes raisons. Si j'avais parlé à Sophie, sans doute aurait-elle compris ce qui me poussait à vouloir acheter ce bâtiment et ce terrain inutiles.

Cet achat insensé fit exploser toutes les tensions accumulées entre nous. Je cédais à Criolaine qui exigeait ce bâtiment en ruine. À l'époque, le succès de mon dernier roman me permettait de faire certaines folies mais nous n'étions pas riches. Et Sophie critiquait ce gaspillage éhonté alors que nous commencions à peine à vivre un peu mieux. Elle avait entièrement raison. Mais comment lui expliquer que je me soumettais à des yeux fascinants braqués sur moi ? Comment lui dire que j'obéissais à une force n'ayant aucun rapport avec la relation père-fille ? J'ai pourtant invoqué cet argument paternaliste pour l'achat du terrain. Criolaine venait d'avoir quinze ans, elle n'en avait plus pour très longtemps selon l'avis des médecins. Je voulais lui faciliter le reste de l'existence en m'inclinant devant ses moindres besoins. Sophie ne m'approuvait pas, elle ne voulait pas croire à la mort de sa fille. Comment pouvions-nous faciliter l'existence d'une personne qui avait passé sa vie à compliquer la nôtre ? Elle avait encore en mémoire ses toiles dégoulinantes d'excréments, les grimaces et les ricanements de Criolaine devant ses dessins. Moi, j'avais tout oublié.

Une partie brûlée d'un manuscrit qu'il m'a fallu reprendre, des pages de cahier régulièrement déchirées. Tout. Je n'avais plus en mémoire que ses yeux humides et graves.

Après l'achat du terrain, Criolaine quémanda de la peinture blanche pour cacher la fadeur des murs de l'édifice. Elle entreprit elle-même le projet insensé de repeindre les murs calcinés. Cela demandait un effort particulier pour une personne souffrant de palpitations et à la respiration anormale. Elle ne voulait pas qu'on l'aide, ni qu'on pénètre « chez elle » dans l'édifice. Elle utilisa plus de quarante gallons avant de terminer cette tâche incroyable.

Sophie me fit alors une scène épouvantable, m'accusant non seulement d'avoir gâté Criolaine, mais aussi de la pousser vers un équilibre mental qui menaçait toujours sa fragile existence. De plus, malgré les diagnostics de la science médicale, elle avait toujours gardé l'espoir que Criolaine survivrait à son triste sort et voilà que son compagnon, son amant, était en train de tuer sa fille par ses agissements stupides. Je ripostai à mon tour avec des phrases méchantes et mesquines à son endroit et nous sombrâmes dans une dispute inutile et grossière. Selon Sophie, j'étais jaloux de Criolaine et je désirais sa mort. Encore aujourd'hui, cette vérité me donne des frissons dans le dos.

Criolaine avait deviné que nous nous étions disputés à son sujet. Elle prit mon parti et fit la vie dure à Sophie durant la semaine précédant son départ. En effet, Sophie partit un soir en emmenant Angéline (Marilune avait déjà quitté la maison) et me laissa une lettre. Cette lettre n'était pas douce à mon endroit mais une phrase me frappa : « Je n'en peux plus de supporter les yeux, les yeux étranges de Criolaine. » Ainsi, elle avait été fascinée à son tour par le regard de notre fille mais elle avait réussi à le fuir tandis que moi je restais désormais seul. Une peur ridicule me saisit à l'idée que j'allais maintenant devoir affronter plus régulièrement Criolaine.

Il n'y eut pas d'affrontement. Après le départ de sa mère, Criolaine s'enferma dans son bâtiment en ruine en emportant avec elle de grosses craies noires. Apparemment, l'absence de Sophie la rendait farouche. Ayant constaté sa disparition, je me rendis sur le terrain mais je ne parvins pas à forcer la porte. Comment avait-elle fait pour se barricader de la sorte ? Je l'appelai à maintes reprises, j'entendais bouger à l'intérieur pourtant personne ne vint ouvrir. J'étais inquiet mais connaissant la malveillance et les caprices de ma fille, j'essayais de ne pas dramatiser la situation. Néanmoins, le lendemain, je lui apportai de la nourriture et une couverture de laine (depuis un mois, c'était son unique vêtement). Elle ne voulut ni manger ni se changer. J'étais toujours incapable d'ouvrir la porte.

Dans sa lettre, Sophie m'avait laissé son adresse. Criolaine s'était cloîtrée depuis quatre jours déjà. J'en avisai Sophie. Celle-ci me reprocha d'avoir attendu aussi longtemps avant de réagir puis, rapidement, revint à la maison. Nous nous rendîmes aussitôt près de l'édifice. À ma grande surprise, la porte était entrouverte. Étrange...

Nous entrâmes prudemment. Nous fûmes saisis par le spectacle extraordinaire qui s'offrait à nos yeux. Criolaine avait enlevé un panneau de bois qui obstruait une fenêtre de sorte qu'un rayon de soleil pénétrait à l'intérieur, donnant aux murs blancs un éclat surprenant. Sur ces murs, notre fille avait dessiné au crayon noir des tas de signes et de mots. On pouvait y lire des phrases mais également y voir des dessins. Les lettres et les mots se mélangeaient entre eux pour former des gravures étonnantes. Ces gravures complétaient le texte comme s'il eût été impensable de les séparer. Les poèmes dansaient sous nos yeux, devenaient des personnages animés, des paysages brumeux, des visages étranges. Je ne sais ni par quelle alchimie ni quelle transmutation Criolaine en était arrivée à un résultat aussi renversant. Nous nous serions crus dans un tombeau égyptien, en présence de hiéroglyphes. En effet, il y avait dans ces dessins, dans cette écriture, un caractère sacré qui nous figeait sur place. Nous étions là, Sophie et moi, ébahis, émerveillés, dépassés par cette nouvelle expression créatrice. Nous regardions tous ces murs bariolés, de droite à gauche et, dans notre euphorie, nous avions oublié Criolaine. Les signes, les mots, les formes tournaient autour de nos corps, nous procurant un extraordinaire vertige. L'intérieur de cette vieille bâtisse était devenu un assemblage savant, un monde bien construit, une création dans le plus pur sens du terme où tout était en équilibre, où chaque mot, chaque dessin obéissait à une loi, tout était en harmonie. Cette harmonie que nous cherchions en vain, Sophie et moi, dans nos champs d'action respectifs, notre fille, en trois jours, l'avait trouvée, l'avait exprimée. Tout était original. Jamais je n'avais lu une poésie aussi nouvelle, aussi limpide. Jamais Sophie n'avait vu de toiles aussi vivantes, aussi complètes. C'était à la fois une poésie exceptionnellement visuelle, un dessin superbement écrit.

Lorsque nos yeux se détournèrent de ces murs fascinants, nous vîmes Criolaine étendue par terre. Elle avait repoussé la couverture de laine qui la recouvrait depuis quelque temps et elle gisait nue, dans un coin sombre de la pièce. On voyait son corps couché sur le côté dans une position inconfortable et sa tête semblait basculer dans le vide. Elle dormait sans doute car ses yeux étaient clos. Malgré cette position étrange, son corps nu dégageait une sérénité, une pureté qui me donna des frissons. Je vis alors des cercles autour de moi, mes yeux se brouillèrent, je fus pris de panique devant l'évidence du sort de notre enfant. Je pensai aussitôt à ce dessin rempli de cercles exécuté par la main de Criolaine. Ce dessin enfantin laissait voir un corps. Le sien.

Sans nous approcher d'elle, nous comprîmes. Nous nous tenions à distance de notre fille. Nous ne voulions pas, nous ne pouvions pas la toucher. Les dessins et les mots sur le mur blanc nous séparaient d'elle à jamais. Criolaine nous excluait désormais de la création artistique à laquelle nous aspirions. Maintenant, après ce que nous avions vu, il nous était impossible de continuer à écrire et à peindre. Criolaine avait pris pour elle nos aspirations démesurées et les avait étalées là, sur ces murs blancs, exprimant ce que nous serions toujours incapables d'exprimer, nous forçant ainsi à renier notre travail. Elle avait eu, le temps de naître et de mourir, ce talent, cet acharnement, ce génie que nous n'avions jamais eu. Nous avions le choix de faire connaître aux critiques et au public ce talent extraordinaire qui venait de s'éteindre et de se condamner éternellement à n'être que le pâle reflet de l'écriture et du dessin de Criolaine. Ou bien de tout oublier.

Nous n'avons pas touché Criolaine. Nous l'avons laissée nue sur ce plancher humide et sale. Nous lui avons tourné le dos et nous sommes sortis. Nous allions avertir la morgue puis, quand tout serait fini, nous fermerions définitivement la porte de cet édifice en ruine.

Par la suite, nous eûmes des difficultés extrêmes à assumer cet échec et à refaire notre vie. Sophie s'est établie aux États-Unis. Elle n'a plus jamais touché à un pinceau. Moi, j'ai erré un peu partout en Europe sans écrire une seule ligne, le poids de mon échec collé aux talons, à frémir en pensant à l'odieuse offense faite à Criolaine. Nous l'avons condamnée au silence en nous taisant. Ou plutôt : elle nous a condamnés à nous taire en s'exprimant.

Je suis revenu, cinq ans plus tard, et si j'écris de nouveau, c'est sans espoir. Et avec une difficulté épouvantable. Je ne désire pas recommencer une carrière littéraire. Non.

Auparavant, le souvenir de Criolaine était bien vivant, quelque part sur le mur blanc d'un vieil édifice. Même si je ne suis jamais retourné là-bas, il me suffisait de penser à l'endroit pour me sentir apaisé. Mais aujourd'hui, sans le sou, il m'a fallu vendre ce terrain inutile, cette bâtisse nuisant à l'expansion du quartier.

Ce matin, les démolisseurs ont abattu tous les murs. Évidemment, j'ai photographié ces murs, j'ai reproduit les dessins et retranscrit le texte de Criolaine. Mais sans l'aspect délabré du lieu, sans le soleil qui entre à travers la fenêtre vide, sans le vent roulant sur la tôle, l'œuvre de ma fille n'a plus aucun sens.

Il me reste ce récit malhabile, comme une plaie ouverte au grand jour. Mais il y a aussi cette brûlure constante au fond de ma poitrine. Je lirai et relirai ces mots jusqu'à ce que la brûlure éclate et me calcine le corps...

L'EXPÉRIENCE

E lles s'étaient rencontrées pour la première fois un soir d'octobre, à la cafétéria de l'Université. Dans le brouhaha des conversations étudiantes, Gisèle n'avait d'abord pas remarqué Vivianne penchée sur la table, la tête enfouie entre ses bras resserrés contre elle. Puis, les étudiants avaient quitté leur siège pour se rendre à leur cours. Gisèle s'était retrouvée toute seule dans la cafétéria. Elle vit ce corps replié sur lui-même à quelques mètres de sa propre table.

Gisèle avait réveillé la dormeuse sans le vouloir. Elle mangeait des croustilles et le froissement du sac, le craquement des croustilles firent sursauter Vivianne. Celle-ci semblait attirée par le sac de croustilles. À maintes reprises, elle fixa les yeux de Gisèle puis le sac de croustilles. Gisèle, mal à l'aise, finit par lui présenter son sac. Vivianne ne se fit pas prier pour y plonger la main. Gisèle en profita alors pour dévisager l'inconnue : Vivianne avait une figure bouffie au menton flasque, des paupières tombantes laissant entrevoir des pupilles vitreuses, de longs cheveux gras et minces. Gisèle discernait une grande fragilité dans ce gros corps en apparence si solide. Elle ne pouvait s'empêcher de fixer cette inconnue. L'effronterie de Vivianne ne la gênait pas, pourtant elle avait l'impression que les gestes de cette grosse femme la concernaient.

Vivianne se sentit soudain jugée. La bouche pleine, elle arrêta son geste, sa main potelée se figeant au-dessus du sac. Elle regarda lentement Gisèle, les yeux perdus, les lèvres ouvertes, la respiration rendue difficile par l'amas de croustilles sur sa langue. Gisèle ne parvenait pas à se détourner de ce visage tragique. Les deux femmes se regardèrent longuement.

Ce fut Vivianne qui détourna le regard la première. Elle se leva, tourna les talons. Elle se dirigea lentement vers les autres tables de la cafétéria en pigeant à droite, à gauche, tout ce qui pouvait encore se manger dans les cabarets. Puis, elle quitta la cafétéria.

Gisèle resta seule, étonnée par le comportement de Vivianne. Une forte odeur vint agacer ses narines. Elle eut mal au cœur.

En pénétrant dans la cafétéria le lendemain matin, Gisèle avait de nouveau senti cette odeur. Vivianne était là. Elle mangeait. Gisèle se cacha derrière un mur afin de ne pas être vue. Ainsi, elle pouvait observer Vivianne à sa guise. Elle remarqua la courbure anormale de son dos, l'empressement avec lequel elle avalait un petit gâteau au chocolat. On aurait dit qu'elle mettait tout le poids de son corps

sur le gâteau. De plus, Vivianne fixait continuellement le distributeur automatique non loin d'elle.
Chaque fois qu'un étudiant s'en approchait, elle
fronçait les sourcils, mécontente, comme si elle
défendait un territoire. Ce matin-là, Vivianne mangea
huit gâteaux, six sacs de croustilles et douze sacs
d'arachides provenant du distributeur automatique
avant de se laisser choir sur la table comme la veille.

Vivianne traînait avec elle un sac de plastique en
bandoulière. Gisèle la croyait étudiante et elle avait
pris l'habitude d'aller voir à la cafétéria, chaque
matin. Vivianne s'y trouvait toujours. Après quelque
temps, Gisèle ne chercha plus à se cacher. Au
contraire, elle s'affichait en mangeant des croustilles.
Elle voulait parler à cette étrange jeune femme.

Elle réussit. Un matin, Vivianne s'approcha de
Gisèle avec des yeux particulièrement vitreux. Elle
s'assit face à la jeune fille sans dire un mot. Celle-ci
demeura silencieuse assez longtemps pour que Gisèle
ressente un profond malaise. Puis, en soupirant,
Vivianne lui dit :

— Tu verras, il y aura une vague, un orage. Mais
ne t'en fais pas, c'est passager. Ensuite, tu atteindras
le rivage avec le sable et le soleil...

Gisèle ne comprenait pas. Elle aurait voulu dire
quelque chose pour établir un contact avec cette
étrangère mais rien ne sortait. Les paroles de
Vivianne l'avaient prise par surprise. Cependant,
celle-ci ne semblait pas ressentir ce malaise. Elle
continuait à décrire une sorte de rêve insensé en
gardant ces yeux fixes. Gisèle tenta de ramener

Vivianne à la réalité en lui posant une question banale :

— Depuis quand es-tu à l'Université ?

Vivianne ne répondit pas. Elle se contenta de sourire comme s'il lui était impossible de répondre à cette question. Gisèle n'avait rien appris de Vivianne lorsque celle-ci se leva pour se rendre encore une fois devant le distributeur. Les gestes de Vivianne étaient mal synchronisés, sa démarche s'apparentait à une sorte de flottement. Selon Gisèle, Viviane devait être une habituée des drogues fortes.

Elle révisa son jugement deux semaines plus tard en découvrant le sac de Vivianne contre le distributeur à gâteaux. Vivianne l'avait oublié. Elle s'empressa de récupérer le sac dans le but de le lui remettre lors d'une éventuelle rencontre. Au début, elle ne voulait pas regarder à l'intérieur mais ce fut plus fort qu'elle. Par simple curiosité, pour savoir ce qu'étudiait Vivianne, Gisèle ouvrit le sac. Celui-ci ne contenait qu'un cahier à couverture noire et une carte géographique de l'Afrique. Cela n'en disait pas long sur Vivianne. Une bande blanche avec l'inscription « cahier expérimental » apparaissait sur la couverture du cahier. Gisèle feuilleta rapidement le cahier. Des dates étaient inscrites en haut des pages. Il s'agissait vraisemblablement d'un journal intime. Par principe, Gisèle ne voulut pas le lire. Elle ramena le sac chez elle, dans son appartement.

Le lendemain, elle ne se rendit pas à l'Université remettre le sac à Vivianne. Ni le surlendemain. Quelque chose l'en empêchait. Elle regardait ce mystérieux sac et l'envie de lire le cahier la brûlait.

Et si Vivianne avait fait exprès de lui laisser le cahier ? N'était-elle pas venue lui parler ? N'avait-elle pas quelque chose à lui dire ? Gisèle croyait que Vivianne avait besoin d'aide et maintenant, elle imaginait le regard tragique de l'étrange obèse comme un appel au secours. Elle se permit donc de lire quelques lignes de ce cahier expérimental.

Il s'agissait bien, en effet, d'une expérience. Elle remontait à cinq ans déjà si on se fiait aux dates au début du cahier. Vivianne notait : « C'est aujourd'hui que j'ai commencé mon expérience... » et suivait un drôle d'énoncé sur l'Afrique et la famine. Elle parlait d'un reportage télévisé sur l'Éthiopie, de l'incapacité, pour les affamés, de se développer intellectuellement, de penser, d'imaginer, d'agir. Après avoir décrit en détail le reportage, elle mentionnait : « Pour la première fois, j'ai établi un lien entre le fait de manger et celui de penser. »

Ces propos intriguèrent Gisèle. Elle poursuivit sa lecture. Plus loin, Vivianne parlait « d'élaborer une théorie expliquant l'influence des aliments sur le comportement des individus ». Les réflexions naïves de Vivianne firent sourire Gisèle. Pourtant, elle bondit en lisant cette phrase apparaissant en conclusion d'une laborieuse théorie alimentaire : « En remontant aux origines de la nourriture des espèces, je suis sûre de pouvoir expliquer le phénomène aberrant de la famine en Afrique et de la passivité du reste de la planète. » Quel rapport y avait-il entre ce drôle de texte et la Vivianne passive aux yeux vides et vitreux ?

Gisèle avait lu plus de quinze pages du cahier sans toutefois percer le sens de l'expérience tentée par Vivianne. Elle pensa au jeûne, mais une phrase vint démentir cette idée : «Il ne s'agit pas de jeûner ou de faire une grève de la faim. L'expérience est plus subtile. Je veux savoir jusqu'à quel point toute nourriture nous influence. Notre alimentation est responsable de notre passivité. Il me faut le prouver.»

Si Gisèle n'avait pas rencontré Vivianne, elle n'aurait jamais cru à cette expérience ridicule que Vivianne décrivait en des termes clairs et précis : elle avait décidé de manger uniquement des aliments provenant d'un distributeur automatique et elle notait tous les changements qui s'effectuaient en elle. Le reste du cahier contenait des descriptions expérimentales reliées à la nourriture. Comme elle mangeait de cette façon depuis cinq ans déjà, elle avait traversé, disait-elle, plusieurs phases dont deux attirèrent l'attention de Gisèle.

La première phase s'était passée il y a trois ans. Vivianne s'était rendu compte que toute nourriture, croustilles, gâteaux ou boissons gazeuses, conservait toujours la même texture, le même goût. Elle disait : «Quel que soit mon repas, je mastique toujours une masse compacte, pâte épaisse et insipide formant une boule dans mon estomac.» Tout était devenu uniforme. À cette même époque, Vivianne men-tionnait continuellement son «tiraillement d'af-famée». Elle semblait mettre en cause le rôle de la machine. Elle écrivait : «J'ai l'étrange impression de voir la machine distributrice enfanter ses propres aliments. Je ne suis plus qu'une machine à avaler, à ingurgiter, à vomir, sur laquelle on sélectionne des combinaisons pour obtenir l'effet désiré.»

La deuxième phase éclaira Gisèle sur l'étrange conversation qu'elle avait eue avec Vivianne. Le cahier mentionnait une expérience unique où Vivianne décrivait une hallucination causée par sa déficience alimentaire. Elle disait : « J'aime cette sensation. J'attends toujours cet instant sublime où les nausées font tout chavirer en moi. Une vague tiraille alors ma poitrine et j'entends le bruit de la mer monter à mes oreilles. Puis, les flots dansent en de gigantesques tourbillons d'écume. Le vent martèle mes tempes. Je suis angoissée à l'idée d'y laisser ma peau mais, en même temps, j'éprouve une fascinante excitation. Je cherche mon souffle, le cœur battant, étendue sur un radeau au milieu d'une tempête d'eau salée. » Vivianne mentionnait habilement les moindres chavirements qu'elle ressentait. Plus loin, elle ajoutait : « La sueur sort de tous les pores de ma peau. J'ai chaud. L'orage passé, je n'entends plus qu'un léger clapotis à la surface de l'océan. Je me sens bien, je me laisse bercer par les vagues qui m'envoient dormir sur le rivage. Je laisse pénétrer mes doigts dans le sable humide. Une chaleur écrasante m'envahit. Je ne suis plus qu'un flamboyant point rouge dans l'univers. »

Le cahier s'achevait sur cette phrase énigmatique. Gisèle jeta un coup d'œil à la date correspondant à cette expérience. La description écrite remontait à plus de six mois déjà. Pourquoi Vivianne n'écrivait-elle plus ? En était-elle incapable, trop plongée, trop perdue dans son monde imaginaire ?

Gisèle s'inquiétait. Elle tournait et retournait le cahier dans ses mains. Tout cela semblait tellement incroyable ! Elle se demandait si Vivianne n'avait pas inventé ce scénario pour attirer son attention. Elle revoyait les yeux vitreux et la bouche pleine de croustilles de cette obèse. Sa fuite dans la cafétéria. Les restes de nourriture qu'elle avalait tout en se sauvant.

Au dos du cahier, Gisèle vit le nom de Vivianne et une adresse. Cela devait être le lieu où elle demeurait. Pour en avoir le cœur net, Gisèle décida de s'y rendre le soir même.

L'endroit était lugubre. La rue paraissait noire car les lampadaires ne fonctionnaient pas. Gisèle avançait lentement en essayant de ne pas trop marteler le sol de ses pieds. Elle avait peur mais elle n'osait plus reculer.

Elle découvrit la maison où habitait Vivianne. C'était un édifice à plusieurs logements. Gisèle se demanda comment trouver l'endroit exact où demeurait la jeune obèse. Elle fit le tour de l'édifice puis elle vit une lumière s'allumer au sous-sol. Elle se rendit compte que des locataires y habitaient. En s'approchant de la source lumineuse, elle se pencha vers la fenêtre. À l'intérieur, la pièce semblait vide. Seul un gros téléviseur occupait tout un pan de mur. Une ombre flottait sur les murs décrépits et Gisèle vit apparaître Vivianne. Elle ne la reconnut pas tout de suite car ses cheveux semblaient plus noirs, plus épais. De plus, cette crinière bougeait, se tortillait sur son cou. De cette chevelure émergèrent deux yeux jaunes qui, ayant repéré Gisèle, la fixèrent soudainement. Prise de panique, Gisèle se tassa contre le mur. Elle avait juste eu le temps de constater la présence d'un chat noir sur la tête de Vivianne.

Un chat qui se confondait avec elle, se glissait dans ses cheveux.

Gisèle jeta un autre regard par la fenêtre. Le chat avait enfoui sa tête derrière l'épaule de Vivianne et celle-ci prit une vidéocassette sur son téléviseur. Elle la glissa dans son magnétoscope. Sur l'écran, Gisèle vit d'abord apparaître une image enneigée puis un personnage, micro en main, qui parlait à la caméra. Cela ressemblait à un reportage. Derrière cet homme se trouvait une étendue désertique. La caméra balayait lentement le sable jaune pour ensuite montrer des corps squelettiques pouvant à peine se mouvoir sur le sol. Des mains osseuses, tremblantes, tentaient de cacher des yeux désespérément grands comme si ce geste eût suffi à dissimuler la honte de mourir. La caméra n'en continuait pas moins de montrer des jambes maigres, écorchées jusqu'à l'os, des ventres boursouflés, des mouches attirées par les cadavres. Il y avait dans ce voyeurisme une indécence qui fit frissonner Gisèle. Elle ne parvenait pas à détacher son regard de l'écran. La réalité était trop fascinante, trop crue. Elle ne pouvait pas l'ignorer. Maintenant, étendus sur le sable, tassés les uns contre les autres, repliés sur leurs propres os, des enfants ouvraient la bouche mais n'avaient plus la force de crier.

Angoissée, Gisèle regarda Vivianne. Celle-ci ne bougeait pas, les yeux rivés à l'écran. À cause du chat sur sa tête qui, lui aussi, fixait l'écran, on aurait dit que son regard se multipliait. L'indifférence se lisait sur le gros visage de Vivianne. Sa bouche mastiquait un aliment invisible et elle promenait ses doigts sur sa tête, dans le poil de son chat. Elle était captivée par l'image et non par la famine qu'on y voyait.

Sur le téléviseur se poursuivait le macabre spectacle, mais Gisèle ne put en supporter davantage. Elle quitta la fenêtre pour se retrouver dans la noirceur glaciale de la nuit. Elle pensa au reportage sur la famine en Afrique dont Vivianne parlait dans son cahier expérimental. Celle-ci avait enregistré ce reportage et elle le regardait régulièrement depuis cinq ans. Il était devenu un événement banal, un spectacle quotidien vidé de son propre message. C'était affreux.

Gisèle voulut alors aider Vivianne à se sortir de cette impasse. Chaque jour, elle se rendit à la cafétéria de l'Université mais Vivianne n'y venait plus. Elle la chercha ailleurs, dans d'autres lieux publics où l'on trouvait des distributeurs automatiques, mais Vivianne ne se montrait plus là non plus.

Gisèle rôda longtemps dans le quartier de Vivianne. Tôt le matin, elle la guettait, attendant qu'elle sorte, mais la jeune obèse ne quittait pas son sous-sol. Ou plutôt, elle avait quitté ce lieu. Il n'y avait plus moyen de la retrouver et cela inquiéta grandement Gisèle.

Un soir, peu avant Noël, en empruntant une ruelle près de l'Université, Gisèle vit un corps penché sur les poubelles. Elle croyait qu'un clochard se tenait là, à la recherche de quelque trésor secret. Elle ne fit d'abord pas attention à cette présence mais, bientôt, elle crut reconnaître ce corps à quatre pattes en train d'ouvrir des sacs de déchets. Elle s'avança prudemment. Près des poubelles, elle fit, sans le vouloir, claquer ses bottes sur l'asphalte. Le corps se retourna. Effrayée, Gisèle recula. Vivianne la regardait de ses yeux perçants devenus jaunes. Elle avait dans la bouche des restes de pommes de terre et, dans ses mains, elle tenait la carcasse d'un poulet déchiqueté qu'elle avait découvert dans les rebuts. Gisèle fit la grimace en retenant un cri. Puis, croyant pouvoir l'aider, elle s'avança vers Vivianne pour la relever. Au même moment, elle entendit un cri aigu et une masse noire, poilue, échoua sur son cou. Elle sentit des crocs lui percer la chair. Gisèle chancela en pensant au chat de Vivianne. Elle éprouva une douleur atroce au cou. Elle rabattit ses mains vers la bête qui se tortillait sur son épaule. Elle tenta de l'enlever de là mais l'autre lui imprima ses griffes dans la peau. Prise de panique, Gisèle se mit à courir en hurlant. Bientôt le chat lâcha prise pour retomber adroitement sur le sol.

Après cet incident, Gisèle ne chercha pas à revoir Vivianne. Puis, deux mois plus tard, en feuilletant le journal, elle vit la photographie d'un cadavre étendu dans la neige, au fond d'une ruelle. Gisèle crut reconnaître les traits de Vivianne sur ce visage convulsé. Sous la photographie, quelques mots expliquaient le drame, mais Gisèle ne parvenait pas à y croire. Un vertige l'envahit et les lettres se mirent à danser sur le papier journal. Une phrase lui revenait en mémoire et tournoyait dans sa tête comme un manège obsédant : « Notre alimentation est responsable de notre passivité... Notre alimentation est responsable de notre passivité. » Les preuves étaient là, étalées sur ce papier sale : la victime s'était étouffée en avalant plus d'un kilo de caoutchouc... Vivianne avait trahi l'Afrique.

LE FIL

Il avait honte de son père qui n'avait pas su partir. Il avait honte de ce corps s'agrippant à lui, de ces yeux ronds le suppliant de l'aider, de cette bouche qui balbutiait des sons inaudibles.

Penché à la fenêtre, il regardait les piétons déambuler comme des fantômes. Il regardait les ouvriers sortir de l'usine fatigués, écœurés, le dégoût collé à leurs pupilles. Il se demandait comment on en arrivait à vouloir retenir cette image-là, comment on pouvait refuser de partir et continuer à poser ces gestes répétitifs.

Il avait honte à cause de l'indécence du spectacle. Il revoyait cet homme distant, assis dans son fauteuil, tenant son journal. Caché derrière les pages de la gazette, son père avait toujours donné l'impression de ne pas appartenir à la famille. Il pensait à ces mains calleuses striées de suie par le travail à la fonderie. Il ne comprenait pas. Ce n'était sûrement pas ces mains-là qui avaient cherché à le retenir, ces mains-là qui essuyaient des larmes trop abondantes.

Son père, autrefois si froid, si éloigné, avait commis des gestes trop gênants. Presque scandaleux.

Il essayait de saisir pourquoi son père l'avait réclamé avant de mourir. Pourquoi ne s'était-il pas éteint seul, en transmettant ses peurs aux murs, au lit, aux draps de l'hôpital plutôt qu'à lui ? Il reprochait aux infirmières leur manque de professionnalisme. Elle auraient dû rester dans la chambre, forcer son père à retrouver sa dignité en lui administrant une piqûre qui l'aurait calmé. Ou bien avertir l'aumônier. Celui-ci est le seul à savoir comment conduire l'âme d'un moribond vers l'au-delà.

Il n'osait pas se détourner de la fenêtre pour retrouver ce lit, ce corps mort, ce plancher trop ciré. Tout était fini maintenant. Pourtant, il sentait encore les mains osseuses de son père tirer sa chemise, l'haleine répugnante de sa bouche contre sa joue. Il laisserait le temps dégager lentement ces images. Il laisserait le temps reprendre sa place dans son travail, dans sa maison. Pour l'instant, il fallait remonter le drap sur le visage de son père. Il fallait avertir les infirmières. Attendre le médecin pour le constat du décès. Ensuite, il faudrait vider la case où se trou-vaient les vêtements et les effets personnels du défunt. Effacer les traces.

Il prit le temps d'allumer une cigarette et de savourer l'odeur âcre du tabac dans sa gorge. Il resta là, figé à la fenêtre, comme suspendu à cette vie qui se déroulait à l'extérieur dans la rue. Il pensa un moment à sa femme et à ses enfants, à l'attitude qu'il prendrait pour leur annoncer le décès de son père. Ne pas jouer à l'indifférent. Non. Ni à celui qui est trop touché par la mort. Après tout, chacun s'y attendait, son père était malade depuis si longtemps... Adopter la position de celui qui comprend le sens de l'existence et enseigner ainsi aux enfants comment réagir face à la mort. Surtout ne pas décrire la stupide mise en scène à laquelle il avait eu droit.

Il aspira une dernière bouffée avant d'éteindre sa cigarette. Puis il se tourna pour affronter le cadavre et tout ce qui lui restait à faire.

Il sortit de l'hôpital très tard ce soir-là. Honteux, il traversa la rue sans regarder autour de lui. Il eut le temps de voir deux phares brillants surgir de nulle part. Il se lança à droite tout en sentant l'effleurement d'un pare-choc contre sa cuisse. Puis il tomba sur le ciment du trottoir. Sous l'effet du choc, il vit d'abord un immense trou noir. Peu à peu, il confondit la voix des passants venus s'assurer qu'il était toujours vivant avec la voix de sa femme et de ses enfants. Il flotta un instant parmi des points lumineux autour de lui. Il avait l'impression que les étoiles se frottaient contre son visage. Par la suite, il prit conscience de la dureté du ciment. Il entendit l'énervement de la foule, le bruit de la ville alentour. Il se rappela alors l'hôpital, la rue, les phares. Des gens tâtaient son corps et le soulevaient. Il paraissait intact. Tout allait bien. Il reverrait bientôt sa femme et ses enfants.

L'incident fut vite oublié. Il revoyait encore parfois ce trou noir, il entendait ces voix lointaines, il ressentait ce chavirement des étoiles mais il attribuait ce fait au traumatisme qu'il avait subi. Il reprit son travail au bureau, toujours honteux du comportement de son père sans se rendre compte que cette expérience l'avait profondément changé. Maintenant, lorsqu'il étreint sa femme ou ses enfants, on dirait qu'il retient quelqu'un. Un fantôme peut-être, menu, fragile. Comme un fil.

LE VOYAGE

E lle regarda la pièce une dernière fois avant de partir. Les meubles lui rappelaient d'étranges souvenirs, intacts, silencieux. Elle avait poli le buffet, nettoyé la table, dépoussiéré le piano avec l'espoir d'en effacer les traces. Mais chaque ligne du bois trahissait le passé. Elle vit son visage blême dans le miroir du vaisselier et fit semblant de ne pas remarquer ses traits tirés par la fatigue. Sur le mur, les portraits de famille, encadrés, ne paraissaient ni trop petits ni trop grands, ni trop à gauche ni trop à droite. Tout était à sa place. Elle pouvait partir en paix.

Elle leva la main vers la chaînette suspendue au plafond et la tira légèrement vers le bas. Elle entendit un déclic. La pièce baigna alors dans une obscurité totale. Elle demeura un moment figée dans la nuit, la tête appuyée contre la porte. Malgré la noirceur, elle parvint à recréer la table, le buffet, le piano, chacun occupant la place qui lui était assignée depuis longtemps. Elle les imagina une dernière fois et cela lui permit de traverser l'image angoissante du vide. Pourtant, elle n'avait pas vraiment peur. Elle ne regrettait pas non plus son départ et ne retardait pas inutilement l'instant de la séparation. Non. Au contraire. En restant là, dans le noir, elle savourait cette pause comme la seule victoire possible.

Elle avait toujours su qu'un jour elle partirait en voyage. Son prénom, Maryse, la prédestinait aux grands départs. Dans sa jeunesse, quand on criait : «Maryse!», l'image d'une valise se formait immédiatement dans son esprit. Alors elle s'était toujours vue ainsi, petite valise carrée que l'on ferme, que l'on ouvre. Petite valise encombrante que l'on traîne négligemment, que l'on abandonne aux douaniers, que l'on reprend avec indifférence.

Aujourd'hui Maryse partait sans valise. Jamais il ne lui serait venu à l'idée, là où elle allait, de s'encombrer de bagages inutiles.

Une dernière fois, elle fixa l'obscurité. Son œil possédait ce regard détaché, ce regard qui glisse sur les choses en mourant au fond des paupières. Tout quitter n'était plus qu'une mise en scène. En fait, elle avait délaissé ce lieu depuis longtemps tout en continuant à y vivre. Maryse tourna les talons. Ferma la porte. Se retrouva dehors.

La ville lui paraissait lumineuse. Les trottoirs encore mouillés par la dernière pluie reflétaient le clignotement des néons et les phares des automobiles. Il lui semblait voir une lueur dans chaque fenêtre des édifices comme si les gens avaient décidé de rester à l'intérieur et d'habiter leur logis. Pourtant il ne faisait pas froid. La pluie de l'après-midi avait laissé sa trace et une chaleur empreinte d'humidité flottait sous les réverbères. En cette fin du mois d'août, une nuit aussi chaude n'était pas chose courante mais Maryse ne s'en plaignait pas.

Elle marcha longtemps dans la ville, ses souliers martelant l'asphalte. Elle ne semblait craindre ni les ruelles sombres ni les passants louches. Elle avançait d'un pas ferme et décidé, s'arrêtant aux feux rouges là où il fallait s'arrêter, continuant aux feux verts là où il fallait continuer.

En passant près d'une voie ferrée, l'envie lui vint de courir sur les rails. Enfant, elle s'amusait souvent à sautiller de traverse en traverse et, maintenant, elle ressentait ce besoin de basculer dans le passé pour retrouver l'insouciance des jeux de son enfance. Elle quitta donc sa route pour s'engager sur la voie ferrée. Elle sauta sur les rails avec l'impression de ne pas avoir grandi car les poutres de bois paraissaient encore difficiles à atteindre.

Maintenant elle était jeune et elle courait sans arrêt en essayant d'éviter de poser les pieds sur le gravier. Le jeu devint rapidement une espèce de fuite. Elle avait l'impression de se dérober à quelque obligation et elle ne pouvait plus reculer. Maryse courait de plus en plus vite sans faire attention au gravier et aux madriers. Elle n'avait plus qu'une idée en tête : fuir. La maison, la famille, le village paraissaient étouffants et chaque fois qu'elle marquait un pas, elle sentait se dégager un poids énorme autour de ses chevilles. Le mot «fuir» résonnait comme un sifflet de train et elle devenait une grosse machine envahissant le chemin de fer.

Soudain elle s'arrêta. Plus loin, entre les grosses
tiges de fer des rails, un corps bloquait le passage.
Elle avança prudemment et vit un homme étendu
sur la voie ferrée. Elle ne comprit pas tout de suite
pourquoi cet homme s'était placé là, entravant sa
fuite. Elle se pencha vers lui mais l'autre semblait
dormir. Elle fut choquée de voir que cet intrus
l'empêchait de continuer. Elle regarda la voie ferrée
se perdre à l'horizon et elle comprit qu'il ne lui
servait à rien d'enjamber ce corps encombrant. Il
fallait rebrousser chemin.

Elle quitta la voie ferrée et se dirigea vers le
champ. Elle vit alors un arbre qui l'impressionna par
sa beauté et sa grandeur. Elle se sentit en sécurité
devant ce puissant tronc et dans sa tête d'enfant elle
voulut habiter l'arbre, se glisser parmi les feuilles et
passer le reste de sa vie ainsi, protégée par la nature.
Elle grimpa dans l'arbre, puis s'assit à califourchon
sur la branche la plus basse. Le ciel montrait des
signes d'orage. On lui avait dit maintes et maintes
fois qu'il était dangereux de rester sous un arbre par
temps d'orage, mais aujourd'hui les conseils d'autrui
apparaissaient comme de ridicules mensonges. Elle
entendit alors le train venir. Elle ne pensa au corps
étendu sur la voie ferrée qu'au moment où un cri
féroce perça ses oreilles. Maryse vit le corps se
tordre sur les rails pendant que le train avançait.
Subitement, elle comprit le geste de l'homme étendu
sur les rails. Il ne dormait pas, il criait pour se
donner du courage. Mais elle était impuissante devant
l'événement. Le train fila droit, puis les roues déchi-
quetèrent la carcasse fragile. Et avant que le conduc-
teur n'ait eu le temps de stopper complètement son

engin, il ne restait plus sur les rails qu'un petit tas de chair et d'os. Maryse resta longtemps dans l'arbre à observer les gens autour du cadavre, les policiers, les ambulanciers, les mécaniciens. Elle n'avait pas le courage de descendre. Elle savait qu'à l'instar de ce corps qui l'avait empêché de fuir sur la voie ferrée, cette mort l'empêcherait de franchir quelque chose. Quoi exactement ? Elle l'ignorait. Mais elle pressentait une impuissance à vivre quelque part entre sa chair et ses os.

Aujourd'hui, elle franchirait de nouveau la voie ferrée et elle enjamberait les obstacles. Sa vie n'avait été qu'une suite de traverses sur un chemin de fer, qu'une suite de morts entravant sa fuite. Elle marcha dans un long tunnel sombre et, au bout, elle perçut un faisceau de lumière. Tout à coup, le faisceau inonda son visage comme si, subitement, elle passait de la nuit au jour. Habitués à la noirceur, ses yeux se fermèrent d'eux-mêmes. Puis Maryse sentit la voie ferrée se dérober sous ses pieds. Elle ne parut pas inquiète de cet étrange phénomène ; au contraire, cela la rassura. Elle continua sa marche. Elle ressentit une intense chaleur dans ses jambes, ses cuisses, son dos. Elle s'enfonçait dans un terrain mou. En se penchant, elle vit du sable autour d'elle. Elle s'empressa d'enlever ses chaussures afin de laisser à ses pieds tout le loisir de s'enfoncer dans ce sable chaud.

Maryse continua sa route. Elle vit ses pas derrière elle et cela la fit sourire. C'était bon de se sentir suivie par ses propres pas. Pour une fois, elle laissait une trace quelque part. C'est peut-être pour cette raison qu'elle avait choisi cet endroit. Elle aimait le désert : on pouvait s'y perdre tout en se retrouvant sans cesse derrière soi.

Elle eut soudain très chaud. Le soleil l'écrasait, desséchant lentement sa peau. Elle se voyait tomber dans le sable mais elle n'était pas encore prête à cette chute. Elle attendait le moment de défaillir, l'instant où son corps se relâcherait de lui-même. Elle poursuivit son chemin. Puis le soleil devint insupportable, la soif l'étrangla. Il fallait qu'elle tombe. Elle se laissa choir sur le sable. Elle se sentit vidée de toute son eau. Rien pour soulager sa langue épaisse, sa gorge brûlante. Et pourtant, elle avait soif pour tous les pores de sa peau, soif pour les veines de ses membres, pour les tissus de ses organes, pour les cellules de son cerveau. Elle devenait peu à peu entièrement disponible au désert.

Maryse se roula dans le sable plusieurs fois afin de bien y imprimer son corps. Puis, se mettant à genoux, elle contempla ce double d'elle-même là, sur la surface dorée du désert. À la pensée de se voir face à elle-même, elle éprouva d'abord un frisson. Mais elle se rassura, car la silhouette sculptée ne présentait que la trace de ses vêtements. Elle eut alors l'irrésistible envie de se dévêtir mais elle hésita. Ici, le soleil paraissait trop puissant pour offrir sa peau à la merci de ses rayons. Mais malgré sa peur et sa pudeur, elle enleva lentement son pantalon, sa blouse, ses bas. Ce n'était pas la place pour se censurer.

En se débarrassant de ses vêtements, elle sentait le désir monter en elle, lui serrer la gorge. Elle

sentait son cœur battre. Elle retrouvait ce bonheur
juvénile, enfantin, de briser une loi, de rompre un
interdit pour le simple besoin de se faire du bien.

Maryse s'étendit de nouveau sur le sol. Elle était
nue. Elle fit jouer ses mains sur le sable, doigts
écartés enfouis sous l'amas de granules. Elle ramena
ses mains sur son ventre en déposant du sable sur sa
poitrine blanche pour la protéger du soleil. Puis,
l'écoulement du sable sur ses seins, ses doigts devenus
doux grâce à la chaude texture du sable lui firent
monter les larmes aux yeux. Elle pensa à Jean-
Pierre, à cet homme qu'elle avait aimé, qu'elle avait
épousé. À l'époque, elle avait conçu l'amour comme
une fuite. Fuir la maison paternelle, le milieu étouf-
fant de la famille. Mais Jean-Pierre ne lui avait
apporté qu'un amour moribond, qu'un cadavre déchiqueté sur sa voie ferrée. Avait-elle déjà été vraiment
touchée par quelqu'un ? Elle ne s'en souvenait plus.
Ce vide, cette envie de s'accrocher à un souvenir
désespérément absent la rendait triste. Du plus loin
qu'elle pouvait se le rappeler, Maryse ne gardait de
l'amour que des gestes bâclés, répétitifs, totalement
étrangers à ses véritables besoins de tendresse.

Elle continua à se toucher lentement en essayant
de rattraper le temps perdu. Pour la première fois,
elle osait laisser trotter ses doigts. Auparavant, elle
ne s'était jamais arrêtée aux sensations qu'elle pouvait
éprouver par son propre toucher. Sous la douche ou
dans son bain, elle avait toujours accompli des gestes
rapides, absents de son propre corps. Aujourd'hui,
elle était enfin bien.

Au-dessus d'elle, le ciel paraissait rouge et décou-
pait d'inquiétantes formes autour des dunes. Maryse
croyait distinguer des visages. Peut-être était-ce les
portraits de famille du désert ? Cette pensée la fit
sourire et elle revit les portraits de sa propre famille
sur les murs du salon. Elle trembla soudainement
d'angoisse et de peur. Elle revit ses frères, ses sœurs
et ses parents avec l'étrange impression d'être en
dehors d'eux ; mais en même temps elle ne pouvait
que constater un air de famille entre elle et eux.
Cela l'épouvantait. Elle avait traîné longtemps cet
amour-répulsion et elle le tenait responsable de son
malaise de vivre, de son impuissance à fuir. Son
père avait passé son temps à étendre son propre
cadavre sur sa voie ferrée et sa mère à empêcher les
fuites. Il fallait vivre selon les apparences, avec la
peur de tout changement en profondeur. Il fallait
éviter la voie ferrée et tous les petits cadavres
encombrants en reculant et en se repliant sur soi.
Les motifs de son malaise lui paraissaient clairs
depuis longtemps. Mais pourquoi gardait-elle encore
ces portraits d'une autre époque dans son salon et
dans sa salle à manger ? Combien de fois s'était-elle
sentie épiée par les yeux résignés de sa mère, le
regard accusateur de son père ? Combien de fois
avait-elle eu envie de les enlever ces inutiles figures
figées ? Pourquoi ne l'avait-elle jamais fait ?

En fixant ces visages de sable déformés par le
vent, Maryse obtint sa réponse. Maintenant l'évidence lui crevait les yeux : ces portraits encadrés
étaient, au fond, trop réalistes pour qu'elle puisse
s'en défaire. Ils lui rappelaient continuellement de
ne pas idéaliser l'esprit familial qui n'avait jamais

existé. De fait, sa famille n'avait jamais offert à ses membres qu'une image déformée d'elle-même, superficielle, encadrée dans le carcan des traditions. Chacun présentait à l'autre le portrait de lui-même comme vu du dehors par une personne extérieure à la famille. Refuser les portraits de famille, enlever les cadres du mur aurait signifié pour Maryse que tout était permis, que le mur vide cédait la place à une vision idyllique de la famille. Elle rejetait cette image-là.

Le vent balayait les visages de dunes comme pour effacer des traces. Maryse attendit ce souffle sur ses tempes, son front, ses yeux et sa bouche. Elle espérait une sorte de caresse divine, d'étreinte céleste. Elle pensait au souffle de sa mère sortie de son cadre pour enrayer l'angoisse jaillissant de son esprit. Mais sa mère ne sortira pas. Ne sortira plus. Chacun resterait chez soi. Maryse sentit dans sa poitrine un tiraillement qui lui faisait mal comme chaque fois qu'elle pensait à la solitude. Le simple mot la frappait et la broyait tout entière. À la seule évocation du mot solitude, elle était toujours surprise de voir ses larmes couler, abondantes, sans qu'elle puisse se dominer. Elle savait que ce mot ne résumait pas uniquement sa vie. Il englobait l'humain, le portrait de famille, toutes les familles. Depuis quelque temps, après avoir constaté le désastre de sa vie et s'être rendue au bout du trou noir, elle glissait de plus en plus souvent vers le destin des autres. Elle se sentait encore coupable de quelque chose et en prenant le malheur de chacun sur ses épaules, elle en assumait la responsabilité. Mais au bout du compte l'impuissance l'épuisait.

Jusqu'à aujourd'hui, Maryse avait eu peur de ce torrent de larmes qui semblait venir d'ailleurs. Elle avait toujours eu l'impression qu'un barrage empêchait ses larmes de franchir le seuil critique. Fragile, menue, elle se voyait au-dessus des vagues, sur un fil, audacieuse acrobate ne recherchant que l'équilibre. Mais maintenant le fil était rompu et elle demeurait suspendue dans les airs, en attente. Il lui suffisait d'ouvrir la petite porte de sa solitude pour accéder à un territoire interdit, une folie douce à peine perceptible pour son entourage. Elle était trop fatiguée pour revenir en arrière. Et trop seule aussi. Il fallait se fondre à cette ivresse volontaire. Il y avait déjà le désert vide. Elle s'y sentait bien.

Maryse ferma ses paupières gonflées de larmes. Elle ne percevait plus que le soleil desséchant son corps. Elle croyait que son dos était appuyé sur un madrier inconfortable. Il lui semblait entendre un train au loin. Elle avait l'impression de voir déjà ses veines perdre leur sang et couler sur le sable en formant une boue repoussante. Ses membres se raidissaient, ne semblaient plus lui appartenir. Un autre corps semblable à un fœtus tournoyait dans son ventre. Bientôt il s'étirerait en quittant cette carcasse inutile. Maintenant elle avait le choix : ou bien se laisser déchiqueter par le train ou bien franchir le cadavre et fuir au-dedans de soi. En attendant cette décision, elle pensa uniquement au désert, au fait qu'elle avait mis tant d'années, toute sa vie, à s'y rendre. Puis elle sentit un choc à l'intérieur de sa tête. C'était comme si plusieurs particules cristallines se heurtaient pour répandre des miettes encore brillantes sur un écran noir. Elle pensa au ciel, aux étoiles, en se disant que la voie lactée avait dû naître d'un tel fracas.

Ensuite, elle ne pensa plus à rien.

La nuit fit soudainement son apparition. Le bruit des roues glissant sur la voie ferrée résonna à ses oreilles. Mais elle ne sentit aucune brisure. C'est elle-même qui cassa son corps. Déchira sa peau. Rongea ses muscles. Déposa un à un ses os sur le sol avant de partir. Son second corps était plus léger, plus souple. Elle ne regarda pas le cadavre derrière elle. Elle s'en fut, sans bruit, dans la nuit étoilée. Cette fois, elle ne laissa aucune trace. Ni sur le sable, ni sur la voie ferrée.

Elle marcha longtemps ainsi, ses yeux neufs fixant le vide. Une étoile filante découpa le ciel. Maryse leva les mains dans l'espoir de toucher à l'étoile et de s'envoler. Une chaînette effleura ses doigts. Maryse s'y accrocha mais elle sentit une légère pression vers le bas. Elle entendit un déclic.

Elle vit alors, dans une pièce mal éclairée, un buffet, une table, un piano. Ces meubles paraissaient neufs tellement ils étaient propres. Maryse regarda le mur où des portraits d'une autre époque ne lui rappelaient rien. Lorsqu'elle vit son visage blême dans le miroir du vaisselier, elle crut apercevoir une étrangère et, pour être polie, lui dit simplement : « Bonjour, madame... » avec son plus aimable sourire.

VALSE SUR LE TOIT

Daviel laisse échapper une phrase courte : « C'est dommage. » Puis il se penche vers le parapet du toit. Regarde la rue. Les automobiles ressemblent à de ridicules fourmis noires. Il pense : « Je pourrais les tenir dans ma main. »

Soma tend l'oreille. Elle devine Daviel, là, devant elle, le corps appuyé sur la rampe. Elle le sait en train de chercher des mots, de se perdre dans le va-et-vient obsédant de la rue. Ce silence l'angoisse. Pourquoi ne prononce-t-il que cette phrase courte, sans signification ? C'est dommage. Dommage.

Elle plisse les yeux. Ses paupières brûlent. Elle soupire, appuie sa tête sur le tissu de la chaise longue. Lentement, elle remonte ses lunettes noires pour se protéger. Elle imagine un instant la présence du soleil sur son front, ses joues, sa bouche. Mais le soleil, ce serait trop simple, trop facile. Et puis, la radio n'a-t-elle pas annoncé du temps nuageux pour la journée ?

Son mal persiste. Soma sent ses yeux sortir de ses orbites. Elle dit : « J'ai mal aux yeux. » Elle entend le pas sourd de Daviel sur le goudron du toit. En se dirigeant vers la chaise longue, il demande : « Veux-tu que je t'applique ton onguent ? » « Non, l'onguent n'est pas efficace lorsque j'ai les yeux pleins d'eau. » Elle regrette ces derniers mots. À cause de ses lunettes noires, Daviel n'avait encore rien remarqué. Maintenant il sait qu'elle pleure. Elle aurait voulu entendre ses mots à lui, avant qu'il ne devine ses larmes. Dans sa voix, elle aurait aimé sentir un tremblement évocateur. « Daviel, es-tu toujours là ? » « Oui. » « Prends ma main. J'ai froid. » Daviel frôle lentement les doigts de Soma. « Tu as pourtant la main toute chaude. » Il se penche. Embrasse la paume de Soma. « C'est drôle, tu as toujours une grande ligne de vie dans ta main. » dit-il.

Il ne se rend pas compte de la maladresse de ses paroles. Soma referme ses doigts sur ceux de Daviel et ses lèvres se raidissent. Une intense chaleur traverse de nouveau son visage.

Daviel embrasse Soma sur le front. Il se lève. Sa compagne le devine tout près, grand, droit, distant. Elle se sent toute petite, recroquevillée dans sa chaise de convalescente. Si seulement elle pouvait le voir. « Je reviendrai cet après-midi. Nous en reparlerons. » dit simplement Daviel. Et il part sans faire le moindre bruit. Soma se demande toujours s'il part vraiment ou bien s'il reste là à l'épier. Elle sent d'abord sa présence dans ce long tunnel noir qu'est devenue sa vie. Puis, lorsqu'elle perçoit un tiraillement à l'intérieur de son ventre, lorsque la peur lui retransmet tous les sons de la ville au-dessous d'elle, elle ressent alors, sur le toit, une inquiétante solitude. C'est dans des moments pareils qu'elle cherche le sommeil, la tête en arrière. Mais très souvent une brûlure persistante l'empêche de dormir.

Soma entend un pas lourd. Immédiatement l'image d'une grosse femme se forme dans son esprit. Mme Talmia, la voisine du troisième étage, vient faire sa visite quotidienne. Sa voix forte résonne aux oreilles de Soma. « Comment se porte notre petite malade aujourd'hui ? » Soma ne répond jamais à cette première question. Elle se contente de hocher la tête. « Je vous ai apporté du chocolat. Cela vous fera du bien, j'en suis sûre... » « Merci, madame Talmia. Vous êtes gentille. » Soma croque le chocolat tandis que la voisine poursuit la conversation. « Nous avons un temps moche aujourd'hui. » « J'ai froid », dit Soma. Mme Talmia remonte la couverture posée sur les genoux de Soma. « Tenez... Comme ça, vous n'aurez plus froid... Il y a trop de vent ici. Ce n'est pas bon pour vous. Le médecin vous a dit de prendre beaucoup d'air mais pas sur le toit d'une tour d'habitation du centre-ville. » « Ici, je suis bien », réplique sèchement Soma. « Vous seriez encore mieux à la campagne, à écouter les oiseaux, à respirer l'odeur du foin... » « Je préfère respirer la fumée, écouter les sirènes des ambulances et le klaxon des automobiles. Ça me rapproche de la mort... »

Mme Talmia soupire, pose ses doigts sur le front chaud de Soma. « Cessez de penser à la mort. Vous avez encore beaucoup de bon temps devant vous. » « Trois mois... trois mois qu'il m'a dit... » « Il ne faut pas croire tout ce que disent les médecins. » Soma sent les larmes couler sur ses joues. Elle enlève ses lunettes noires. « J'en ai parlé pour la première fois à

Daviel ce matin... Il a simplement dit : « C'est dommage »... Simplement... »

Mme Talmia soupire de nouveau. Elle rassure
Soma en lui disant que Daviel l'aime mais ne sait pas
lui exprimer son amour. Elle s'attarde un moment
sur les yeux éteints de Soma et cette image désolante
la pousse à encourager la malade. Elle lui dit des
mots doux, lui raconte une histoire tendre. Elle
décrit Daviel apprenant la nouvelle avec son visage
défait, ses yeux remplis d'eau et ses mains tremblantes. Elle ajoute qu'il a la gorge serrée et qu'aucun
son ne peut sortir de sa bouche. Il étouffe. Il regarde
en bas dans la rue et tout tourne. Il a peur de tomber
mais il continue à fixer les automobiles parce qu'il
faut, parce qu'il doit s'accrocher à quelque chose.

Mme Talmia se tait un moment. Soma se tourne
lentement vers elle pour mieux capter le son de sa
voix. Alors Mme Talmia invente les pensées de
Daviel. « Dans la tête de Daviel, il n'y a qu'une
image, l'image de la petite Soma avec ses lunettes
noires, étendue sur une chaise longue. Daviel veut
transformer cette image car elle n'est pas réelle. La
réalité de Daviel, c'est Soma debout, sans lunettes
noires. C'est Soma avec ses yeux bleus, brillants
comme des joyaux. Daviel prend Soma par la main
et l'invite à danser. Ils valsent sur le toit et s'étreignent
comme deux amoureux. Daviel chuchote : « Tu seras
guérie, je t'aime », et Soma, Soma... »

Mme Talmia se penche vers Soma pour déposer
délicatement le reste de sa phrase à son oreille. La
poitrine de la femme malade se soulève régulièrement
et un son paisible, à peine perceptible, sort de sa

bouche ouverte. Mme Talmia sourit, embrasse le front de Soma. «Dormez bien, petite Soma...», murmure-t-elle avant de s'en aller.

Soma entend encore des pas. Soma entend le pas des bottes noires de Daviel. Celui-ci s'avance. S'arrête devant la chaise de Soma. À peine éveillée, la jeune femme lève la tête. Elle semble deviner la tenue vestimentaire de son compagnon. Oui. Ses vêtements ont une odeur. Daviel porte son pantalon noir, son blouson noir, ses bottes noires. Il a même mis ses lunettes noires. Elle le sait. Elle le sent. Pourquoi ? Quand Soma voyait bien, quand Soma se tenait bien droite, les vêtements qu'elle portait, les couleurs qu'elle étalait avaient une signification précise. Au début, Daviel se moquait de ce symbolisme vestimentaire mais peu à peu, il y a cru, s'est habillé en affichant sa personnalité. C'est pourquoi Soma est inquiète. Que signifie ce noir ?

«Tu dormais ?» «Je rêvais.» «À quoi ?» «À une valse que nous dansions ensemble...» Silence. Le vent éparpille la dernière phrase de Soma. Hésitant, Daviel finit par dire : «Tu sais, j'ai pensé à ce que tu m'as dit ce matin...» Il s'arrête, croyant ou plutôt espérant entendre une parole de Soma. Mais celle-ci se tait en appuyant davantage sa tête contre la toile de la chaise. «C'est vrai, trois mois ?» ajoute-t-il en regardant les lunettes noires que Soma a remises sur ses yeux. «C'est vrai», répond-elle. Et elle lui décrit mot à mot ce que le médecin lui a raconté. Cette tumeur parcourant son corps comme une araignée qui fuit, se logeant d'abord dans ses jambes et les affaiblissant, puis montant progressivement dans son sexe, dans son ventre, dans sa poitrine.

L'araignée stoppant soudainement sa course, repérée par les médecins, poursuivie par le scalpel du chirurgien, brûlée par les rayons lasers. L'araignée qui se cache et se repose, laissant entrevoir tous les espoirs, permettant tous les rêves. Et soudain, des toiles apparaissent dans ses yeux, l'araignée s'installe dans ses pupilles, rongeant sa vision jour après jour. «On ne peut plus rien faire... La tumeur montera jusqu'à mon cerveau. Avant trois mois...»

Daviel demeure silencieux. Il pense à l'araignée qui trotte dans le corps de sa compagne. Il a entendu maintes et maintes fois la description de cette tumeur depuis que Soma est malade. Chaque fois, il écoute attentivement comme si c'était la première fois. Il pense à l'araignée, il la sent monter dans son propre ventre, il la sent gruger ses entrailles et crever ses yeux. Si seulement il pouvait penser assez fort pour que l'araignée naisse quelque part dans sa chair blanche. Si seulement il devenait comme Soma, étendu près d'elle avec le même tourment à l'intérieur de lui. Si seulement il pouvait mourir avec elle, en même temps qu'elle.

Daviel prend la main de Soma. «Viens, dit-il, nous allons danser.» Il enlève les lunettes noires de Soma. Il découvre, sous le pli repoussant de sa paupière, l'éclat bleu de son œil. Soma hésite, craintive, mais se laisse bientôt séduire par les bras chauds de Daviel. Elle se met lentement sur ses jambes. Perd l'équilibre. Trébuche. Daviel la saisit par les épaules, la soulève. Soma éclate alors en sanglots : «Je n'y arrive pas... Je n'y arrive jamais...» Mais Daviel se dandine déjà en tenant le corps de Soma dans ses bras. «Ce n'est pas vrai, dit-il,

regarde... Tu danses...» Il tourne et retourne dans
une valse effrénée, entraînant Soma dans un vertige
exaltant. Elle sent les mains tremblantes de Daviel
sur son dos. Elle approche ses doigts du visage
défait de Daviel, les glisse sous ses lunettes noires et
sent un liquide abondant sous son œil. Elle comprend
que Daviel pleure. Alors elle se serre contre lui, se
frotte contre son blouson à la manière d'un chat
avide de caresses. Il répond en se pressant à son tour
contre la joue mouillée de Soma.

Le couple continue son étrange chorégraphie en
glissant lentement vers la rampe du toit. Daviel
saisit les jambes faibles de Soma. Elle se renverse
dans ses bras sans deviner qu'il les étend par-dessus
la rampe, vers le vide de la ville. «Tu seras guérie,
Soma. Ton araignée, on va la tuer... Je t'aime. N'aie
pas peur, je te suivrai...» Soma sent les doigts de
Daviel se dérober lentement sous son dos. Elle
perçoit tout à coup le vide sous sa tête et elle se sent
glisser vers le bas. Affolée, elle s'agrippe à Daviel.
N'ayant pas prévu ce geste, celui-ci ne sait plus s'il
doit de nouveau la propulser dans le vide ou la
ramener vers la rampe. Soma s'accroche à son
blouson. Elle crie : «Non, Daviel, non !» Elle étouffe,
manque de souffle, perdue, anéantie. Pris de remords
et de honte, Daviel dépose Soma sur le goudron du
toit. Alors que Daviel est encore penché sur elle, elle
le frappe avec ses poings en criant de rage. Il recule
vers la rampe. Regarde un moment ce corps étendu,
ce corps étouffé se traînant pour chercher sa
présence. Daviel sait qu'il ne peut plus se justifier.
Entre le corps de Soma et le sien, un meurtre. Un
meurtre horrible les sépare. Il ne peut accepter son

faux rôle de criminel. Plutôt que de regarder passi-
vement l'araignée avaler celle qu'il aime, Daviel
préfère aller au bout de son geste.

Soma se traîne puis, épuisée, se laisse choir sur
le dos. Dans ses yeux, elle croit distinguer les nuages
mais il s'agit toujours de la même brume, du même
tunnel noir. Elle ne parvient pas à contrôler son
émotion. La sensation de vide lui empoigne encore
la gorge. Pourquoi avoir crié ? Pourquoi avoir frappé ?
Pourquoi avoir eu peur de ce saut définitif ? Elle
espère un bruit de bottes noires sur le goudron.
Mais rien. Rien que le silence du vent. Elle crie :
« Daviel ! Daviel ! »

Daviel est déjà loin, quelque part entre le ciel
ouvert et le trottoir de ciment...

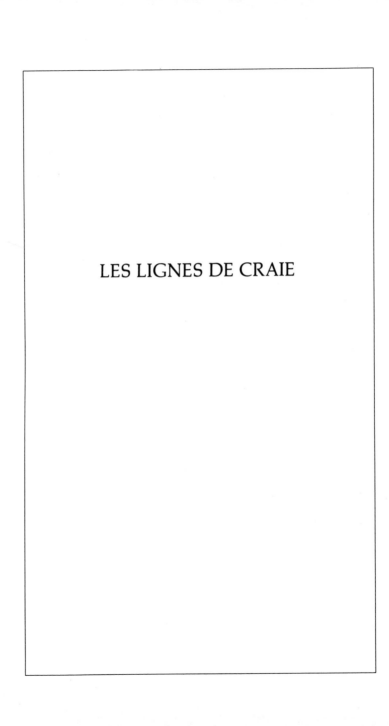

LES LIGNES DE CRAIE

É tendue sur sa couchette, Flavia tente de reprendre son souffle mais ses grimaces l'empêchent de bien respirer. Ses pieds lui font trop mal. Ses bras sont encore secoués de spasmes douloureux. Elle essaie de concentrer son esprit sur autre chose que sur son corps meurtri. Elle n'y parvient pas. Sa tête éclate comme un volcan en colère.

En fermant les yeux, elle en arrive à croire que son corps ne lui appartient plus. Flavia est devenue une sorte de plaie ouverte et sa vraie souffrance provient d'ailleurs, enfouie dans ce qu'elle a de plus profond en elle. En même temps, elle pleure à l'idée qu'on ravage son cou, sa poitrine, ses bras et ses pieds.

Elle veut se lever même si ses muscles se tordent au moindre mouvement. Elle doit marcher sur sa douleur, arpenter le plancher de son étroite cellule. Augmenter ainsi sa résistance. Défier la peur.

Elle réussit à soulever ses fesses mais aujourd'hui, Flavia demeure incapable de se mettre debout. Les dalles humides mordent la plante de ses pieds marqués par les décharges électriques. Elle parvient néanmoins à se traîner au pied de son lit et à y dénicher un bout de craie sous les couvertures. La pénombre accentue la blancheur de la craie et, avec une extrême précaution, Flavia la prend dans sa main, la retourne au fond de sa paume. Un mélange de rancune et de nostalgie envahit son être. Alors des larmes glissent lentement sur ses joues. Secouée par le chagrin, la jeune femme revoit des images nettes et précises.

Ils sont entrés dans la classe un lundi matin au moment où, tournée vers le tableau, elle expliquait à ses petits élèves le phénomène de la rotation de la terre. Ils sont entrés sans frapper au milieu du cours de géographie. Ils se sont placés derrière elle pendant qu'elle dessinait un cercle avec son bras droit levé vers le tableau. Ils l'ont entourée puis serrée à la taille sans dire un mot. Effrayée, elle s'est retournée en camouflant sa craie blanche dans sa main. Elle a parlé. Ils n'ont rien répondu. Elle a haussé le ton. Ils ont gardé le silence. Elle a crié. Ils l'ont priée de se taire en la fixant des yeux. Ils sont passés devant ses petits élèves. Ceux-ci ne comprenaient pas mais avaient appris à respecter les militaires. Alors ils se sont levés pour les saluer. Les deux soldats sont sortis en emmenant Flavia.

Quand cette scène avait-elle eu lieu ? Flavia essuie ses larmes, se tourne péniblement vers sa couchette, la pousse un peu. Elle compte les petites lignes de craie blanche apparaissant sur le mur de pierre. Soixante-trois. Soixante-trois lignes. Soixante-trois jours. Soixante-trois jours d'inquiétude, de peur, de souffrance. Soixante-trois jours de larmes. Elle ajoute une autre ligne et subitement toutes ces journées perdues lui montent à la gorge, aussi claires, aussi précises que ces lignes tracées à la craie.

D'abord il y a eu la révolte. Des journées à crier, à secouer les barreaux de sa cellule. Des journées à barbouiller les murs de la prison avec sa craie pour exprimer son mécontentement. Des graffiti anarchistes qu'elle n'aurait jamais étalés en temps normal. Elle voulait provoquer. Pour toute réponse, l'indifférence des autorités. De temps à autre on enlevait les graffiti en arrosant la cellule, rendant les lieux infects et humides, mouillant les vêtements et le corps de Flavia. Celle-ci recommençait. Elle voulait savoir pourquoi on l'avait amenée ici mais personne ne lui répondait. La jeune femme connaissait cette méthode : il suffisait de créer un climat de panique en rendant la victime vulnérable. Cette situation dura six jours.

Par la suite, Flavia tomba gravement malade. L'humidité de la prison devenait insupportable. On la transféra. Flavia se demanda pourquoi on lui avait laissé sa craie et elle redessina les lignes derrière son lit. L'attitude des autorités avait changé. Maintenant on consentait à lui adresser la parole. On vint la voir dans sa cellule et on lui parla de son frère, jeune étudiant contestataire. On voulait simplement savoir où il était. Flavia ne savait pas. L'aurait-elle su, elle n'en aurait rien dit. On tenta de converser franchement avec elle, en invoquant la compréhension des êtres humains et le bien de la

collectivité. Cette méthode dura trois longues journées. Flavia savait exactement où se trouvaient ces
jours sur ses lignes de craie.

Ensuite, voyant qu'ils n'obtenaient rien d'elle,
les militaires la firent venir dans une grande pièce
sombre. Au début, la pièce semblait vide, seul un
personnage était assis sur une chaise. Pendant des
heures, Flavia restait debout, une lampe allumée
braquée sur son cuir chevelu. Pendant des heures,
le personnage posait les mêmes questions, s'infor-
mant des relations qu'elle entretenait avec son frère,
de son métier d'institutrice, de ses déplacements
antérieurs. Pendant des heures, Flavia bégayait les
mêmes réponses. Cette méthode dura sept jours.

L'étape suivante consistait à installer lentement
un climat de peur. On amenait encore Flavia dans la
pièce un peu plus éclairée. Devant un bureau, un
autre personnage lui posait les mêmes questions.
Mais derrière le personnage, on avait placé un ins-
trument de torture : une machine rudimentaire avec
des électrodes et des fils. À chaque interrogatoire,
on déshabillait la victime et on ne se gênait pas pour
regarder son corps. Cette humiliante mise en scène
dura quatre jours. Pendant cinq autres jours, quelqu'un fut torturé pendant qu'on questionnait Flavia.
Celle-ci suppliait, pleurait, se bouchait les oreilles
aux moindres cris de la victime. Mais elle ne pouvait
répondre à ses inquisiteurs. Elle ne savait rien des
activités de son frère.

Flavia se souvient très bien de la période qui
suivit cette torture morale. On l'abandonna pendant
sept jours dans une chambre noire. Elle ne sut

jamais si le nombre était exact mais, durant son absence, on continua à inscrire à sa place des lignes de craie sur le mur. Flavia en compta sept à son retour dans la cellule. L'avait-on trompée ? Avait-on ajouté ou retranché des lignes pour la décourager davantage ? Ces jours furent un supplice. Au début, la prisonnière était plutôt satisfaite de ne plus subir d'interrogatoires, mais peu à peu le sentiment d'être abandonnée, sans lit, sans nourriture, la remplit de frayeur. Avait-on décidé de la laisser mourir seule ? Elle ne le croyait pas. Elle passa par toute la gamme des émotions allant du cri au gémissement, du repli sur soi à l'autodestruction corporelle. Aux heures où elle était le plus lucide, elle croyait qu'on l'avait simplement oubliée. Alors, elle imaginait les autorités aux prises avec un problème plus grave. La révolution grondait peut-être à l'extérieur. Le régime militaire s'effritait et un grand changement s'annonçait. Ce changement avait peut-être déjà eu lieu. Si tel était le cas, pourquoi ne venait-on pas la délivrer ? Ne savait-on pas que le régime isolait des gens pour leur faire avouer ce qu'ils ne savaient même pas ? Elle eut peur d'être abandonnée par ceux qu'elle aimait et de mourir seule, si seule.

Après ces sept journées d'enfer, on vint la chercher. On l'amena de nouveau dans sa cellule et Flavia remarqua avec amertume, avec désolation, avec épuisement, que rien n'avait changé. Le régime militaire se maintenait toujours en place et jouait encore à détruire les individus. On lui dit qu'elle serait bientôt libérée. Flavia ne le crut pas, sachant qu'il s'agissait d'une autre méthode de destruction intérieure. Pourtant, on l'amena dans une pièce éclairée, avec de beaux fauteuils. Elle pouvait fumer, boire du café, lire. Elle pouvait regarder le soleil au-dehors et se laisser pénétrer par l'image superbe du ciel se dessinant au-dessus de la ville. Lorsqu'elle fuma sa première cigarette, Flavia pleura longuement. Pleurait-elle sur sa solitude, sur l'abandon des siens, sur son espoir d'être enfin libérée ? C'était tout cela à la fois mais bien plus encore : elle se surprit à constater qu'elle pleurait aussi d'émotion, touchée par les largesses de ses agresseurs. La tactique avait réussi : on lui faisait sentir qu'elle était totalement dépendante et que, si elle acceptait de collaborer, elle pourrait être heureuse. La torture commença peu de temps après. La lune de miel avait duré quatre jours.

Chaque fois que Flavia tient ce morceau de craie entre ses doigts, toutes ces journées s'alignent devant elle comme ces petites barres blanches sur le mur. Mais elle escamote toujours les vingt-sept derniers jours de torture. Les vingt-sept jours de répression corporelle où l'on était venu la chercher n'importe quand, le jour, la nuit, parfois toutes les heures pour la faire passer aux aveux en l'électrocutant. Les vingt-sept derniers jours où elle avait senti la peur se tailler lentement une place à l'intérieur de son corps. Les vingt-sept derniers jours où le moindre bruit, le moindre pas dans le couloir provoquait en elle un état d'affolement et de frayeur. Elle n'est plus qu'une bête traquée et, dans sa tête, quand elle ne pense pas à son incarcération, elle constate qu'il n'y a rien de plus effrayant que la peur. Sans la peur au bout du corps meurtri, la torture ne vaut rien. Sans la peur, la domination est inutile. Et elle se sent coupable d'être peureuse. Elle sait que cette peur l'aurait amenée à trahir son frère si elle avait su où il se trouvait. Et cela l'effraie. Flavia a déjà tout raconté de son enfance, étape après étape, en exagérant même les différences d'opinion avec son frère pour donner raison à ses agresseurs. Elle a avoué n'avoir jamais aimé ce frère rebelle même si viscéralement un lien de sang la rattache à son aîné. Et maintenant, elle a honte de ces mensonges. Au bout du long couloir de la douleur, il ne reste plus que la honte, la culpabilité, la trahison.

Flavia regarde son morceau de craie. Bientôt il n'en restera rien. Elle ne pourra même plus tracer les lignes, jour après jour, pour maintenir un dernier contact avec la vie. Mais à quoi bon regarder ces traits de craie si c'est pour plonger dans des souvenirs horribles. À quoi bon s'accrocher à ces lignes inutiles puisque tout espoir est perdu. Avec le petit morceau qui reste, il faut rayer, rayer toutes ces lignes de craie. Non. Il faut crier. Une dernière fois. Retrouver la révolte comme aux premiers jours de l'emprisonnement et barbouiller les murs d'injures contre le régime. Il faut réagir !

Sans attendre, Flavia se traîne vers un des murs de la cellule. Elle lève péniblement son bras meurtri, la craie suspendue au bout de ses doigts. Elle attend un moment en fixant la pierre. Comme un peintre inspiré sentant que tout est possible, elle laisse parler son imagination. Mais la révolte n'agit pas. Les mots, les cris se noient dans l'humidité de la cellule. Sans comprendre son geste, elle dessine un soleil dans le coin gauche. Un soleil d'enfant avec un simple cercle et des lignes tout autour. Puis, plus

bas, elle trace des lignes, des ondulations qui montent
et descendent. Comme des vagues. Sur les vagues,
elle fait apparaître un bateau avec un triangle pour
les voiles puis, tout à côté, elle crée une pointe de
terre, un arbre, une petite maison.

Flavia halète. Son cœur bat trop fort. Elle se
laisse emporter, en dessinant d'autres vagues, d'autres arbres, d'autres maisons. Elle s'abandonne totalement sans s'interroger davantage sur ce glissement
étrange des graffiti au dessin.

Puis elle recule pour juger du résultat. Elle tente
de reprendre son souffle. Il y a maintenant un soleil,
des nuages, de l'eau, un bateau et une île, nettement
en évidence. Elle veut ajouter d'autres éléments
mais la craie s'effrite déjà entre son index et son
pouce. Flavia reste là à contempler son dessin d'enfant. Tout à coup, son corps devient chaud. Un vent
doux souffle sur ses paupières. Elle ferme les yeux
et elle chavire littéralement dans le paysage.

Flavia se retrouve loin, quelque part au sud du
pays, dans l'île de son enfance. Une île extraordinaire
du Pacifique avec un ciel bleu, des montagnes et des
maisons blanches. Elle revoit sa sœur cadette, son
frère, sa mère tenant ses jeunes enfants par la main
dans la crainte de les perdre dans la mer violente et
cruelle.

Flavia entend nettement le bruit des vagues. Elle
est là, sur la plage, avec sa sœur cadette. Elles sont
nues toutes les deux dans l'odeur salée de la mer.
Elle revoit sa petite sœur étendue sur le sable, la
blancheur de sa peau faisant un contraste amusant
avec les rochers noirs autour.

Soudain Flavia entend des pas dans le corridor. Son cœur bondit, lui arrache un cri de douleur. Elle sent son corps se tuméfier sous le martèlement des bottes sur les dalles. Sa peur est maintenant lâchée comme un fauve dans toutes les veines de son corps. Sa peur déchire toutes les plaies désormais ouvertes et monte à la surface, jusqu'à la gorge, pour l'étouffer, l'enserrer dans son piège. Mais elle essaie de garder ses souvenirs intacts. Flavia reste là, à contempler son dessin. Elle revoit l'île, les rochers, les arbres, la blancheur laiteuse de la peau de sa sœur. Elle essaie surtout de recréer le bruit de l'océan, le fracas des vagues contre les rochers. Elle fixe ces petites ondulations de craie et elle entend de plus en plus la marée monter à ses oreilles. Elle distingue à peine le bruit des pas dans le corridor se mêlant au bourdonnement intense de l'eau sur ses tempes. La mer se fait plus forte, provoquant un insupportable vertige dans la tête de Flavia. L'océan claque à ses oreilles, elle veut se perdre, se perdre sur le rivage de l'île. Elle désire avancer dans la clameur du ressac et se laisser emporter comme un galet au large des côtes. Elle n'entend plus les pas, le jeu de la clé dans la serrure de la cellule, le grincement de la porte. Elle oublie la présence des gardiens qui l'empoignent, la traînent dans le corridor. Elle réalise à peine qu'on la conduit de nouveau dans la pièce maintenant excessivement éclairée. Elle ne lit rien sur le visage de l'officier qui l'attend, sinon un malaise, une lassitude. Tout serait tellement différent si par leur physionomie, les militaires paraissaient carrément méchants. Mais ils montrent toujours un faux regret, une envie d'en finir proprement. Ils renvoient la balle à la victime comme si faire souffrir était aussi pénible que souffrir. Par leur attitude, ils réussissent parfois à culpabiliser davantage la victime, la persuadant de revenir dans le droit chemin qu'ils ont eux-mêmes tracé. Ils jouent à paraître humain.

Flavia ne distingue plus ce jeu. Un flot moins houleux caresse maintenant ses tempes dans un clapotis plus doux, plus calme. Une odeur de varech remplit ses narines. Pourtant, on branche des électrodes sur sa peau sensible. Une ombre s'avance au fond de la pièce puis apparaît dans l'éclat des néons. Flavia sursaute. Elle distingue un corps blanc comme du lait. Alors un torrent déferle de nouveau dans sa tête, ouvrant toutes grandes les écluses de sa mémoire. Elle revoit tout : la mer, le sable, la peau blanche de sa sœur près des rochers. Sa cadette est là, dans la pièce trop éclairée, son corps blanc et nu exposé aux regards vicieux des autorités. Sa cadette baisse les yeux, honteuse, humiliée, impuissante.

Flavia pousse un grand cri en voyant s'échapper d'elle-même la splendeur du corps de sa sœur sur le sable. Elle pousse un grand cri à la beauté ravagée de sa sœur, de son frère, de sa mère et de tous les humains.

Mais personne n'entend. On ferme discrètement la porte de la pièce. Dans ce même édifice, des fonctionnaires signent des rapports, dressent des bilans, étudient des cartes. Dans les rues de Santiago, les piétons ne s'attardent plus. Au Chili, des paysans se demandent comment nourrir leurs enfants. Ailleurs en Amérique, on parle à voix basse lorsqu'un président vante les mérites de la démocratie. Ailleurs dans le monde, on se couche, on remonte son réveille-matin ou on prend son premier café de la journée.

Au pire moment de la douleur, lorsque son corps s'écrase, Flavia voit chanceler sa ligne de vie, fragile parcelle de craie soufflée par le vent. L'île de son enfance remonte alors à la surface. Mais c'est seulement son désespoir qui remonte une dernière fois. Comme un noyé gonflé par les vagues de l'indifférence.

LE COUTEAU SUR LA GORGE

— **R**egarde-moi, Anita... Regarde-moi...

Cette voix. Encore cette voix. Non. Il ne faut pas se retourner. Continuer à nettoyer les pinceaux.

— Retourne-toi, Anita... Regarde-moi...

Cette voix plus directe, plus vindicative. Jusqu'où peut-elle aller ? Soupirer. Avoir chaud. Essuyer un front mouillé avec un linge puant la térébenthine.

— Pourquoi ne veux-tu pas te retourner ? Pourquoi ne veux-tu pas me regarder ?

Imaginer les yeux braqués dans le dos. Frissonner. Sentir ce regard de glace traverser le corps. Le transpercer. Le piquer de centaines d'aiguilles comme autant d'épées. Se dire : « C'est incroyable. »

— Regarde-moi. Je veux que tu me regardes...

Résister. Le plus longtemps possible. Gagner du temps. Vouloir tendre la main vers la porte. L'ouvrir.

Sortir. Mais ne plus pouvoir avancer. Sentir ses membres se figer totalement à l'intonation de cette voix.

— Regarde-moi, Anita. J'exige que tu me regardes.

Se rendre compte que la voix devient un commandement. Avoir peur. Faut-il crier ? Ne pas pouvoir. La gorge trop sèche. Prévoir l'instant où le corps pivotera vers ces yeux. Résister encore. Se dire : « Il le faut... »

— Anita... Anita...

Faiblir. Sentir ce prénom écraser les épaules, alourdir la poitrine. Anita, comme un miroir déformant. Anita, comme une défaite. Anita, comme un reproche.

Et puis se retourner enfin. Lentement. Affronter le regard de l'autre en ne laissant rien voir. Lui montrer qu'aucune peur ne se dessine sur le visage. Mais perdre immédiatement tous ses moyens devant ces pupilles parfaites, ces prunelles profondes fixant l'éternité, ces paupières rondes. Avoir une phrase dans la tête en regardant cette forme plate étalée sur la toile : « Il y a le style Anita Rilès. On le retrouve dans les yeux extrêmement vivants se détachant des visages sombres, presque absents, de ses portraits. » Regarder cette figure. Ces yeux obsédants, trop vrais, trop réels, et ces contours blancs du nez, de la bouche, du menton. Ces yeux qui intimident, reprochent, accusent...

— De qui as-tu copié ces yeux, Anita ?

Ne pas répondre à cette question. Se dire :
« L'inspiration n'a de comptes à rendre à personne. »

— Est-ce l'œil de ta mère ou de ta fille ? Pourquoi
toujours ces visages féminins ?

Ne pas jouer le jeu. Prendre le temps de bien
respirer pour maîtriser la situation. Surtout ne pas
alimenter la conversation. Mais, immanquablement,
revoir sa fille, revoir sa mère. Avoir peur tout à
coup. S'approcher du tableau. Détailler les yeux, les
fixer. Avoir l'impression que ces pupilles d'acrylique
bougent comme des papillons troublés.

— Que vois-tu dans mes yeux, Anita ?

Reculer. Ne rien révéler de la mère ou de la fille
mais en même temps se dire : « C'est vrai. Les yeux
de Mireille ressemblaient à ceux de maman... »

— Souviens-toi de nous, Anita... Souviens-toi
de ta colère ce soir-là... Tu voulais achever ta toile et
tu as frappé Mireille... Souviens-toi que je suis
venue prendre Mireille en larmes à cause de toi...
Souviens-toi que nous sommes sorties à cause de
toi... que nous avons pris l'auto à cause de toi...
Souviens-toi du vent, ce soir-là... et de la pluie sur la
route verglacée... N'oublie pas que la tristesse de
Mireille me rendait aveugle de colère contre toi... À
cause de toi, Anita...

Sentir son cœur battre dans sa poitrine. Revoir
la route, la pluie, le vent, l'automobile renversée
dans le ravin. Voir des corps recroquevillés sur la
banquette. Des yeux vides fixant l'éternité.

— Prête-nous tes yeux, Anita...

Crier.

— Prête-nous tes yeux...

Ne plus supporter ces absurdités.

— Tes yeux... Tes yeux...

Voir surgir la rage au bout des doigts, au fond des yeux.

— À cause de toi, Anita... À cause de toi...

Exiger le silence.

— Anita... Anita...

Réagir en prenant un pinceau dans le bocal de térébenthine. Barbouiller ces yeux déments. Recouvrir la toile d'une couleur uniforme, blanche, sans vie.

S'arrêter. Reprendre son souffle. Se sentir soulagée mais en même temps éprouver un besoin immense de remplir ce vide blanc. Prendre sa palette et y aligner des formes. Avec rage, avec frénésie, avec angoisse. Improviser des lignes et, petit à petit, fignoler des contours, accentuer des traits, reproduire des images intérieures. Censurer toute idée du regard. Aucun cercle, aucun point, aucun œil. Plutôt des formes hachurées, pointues comme un ciseau. Se dire : «La période du regard est terminée.»

Avoir l'impression que le tableau est achevé. Prendre une distance pour mieux regarder. Puis, trébucher. Tomber. Sentir un picotement dans la gorge, un frottement pointu contre la peau. Avoir peur. Étouffer. Mettre sa main sur son cou pour se protéger. Ne rien remarquer d'anormal. Aucun objet pointu contre la gorge. Se traîner près du mur en s'empoignant le cou. Reprendre lentement son souffle en ne regardant pas le tableau aux formes agressives.

Entendre un bruit. Vouloir se lever. Pourtant, demeurer là, par terre. Reconnaître le pas de Jérôme qui s'avance dans l'atelier. L'imaginer sur le seuil de la porte, puis se rendre compte qu'il s'est arrêté devant le chevalet.

— Tu as délaissé tes regards, Anita ? Ça tombe bien, je viens de vendre tes derniers tableaux à une importante galerie. Elle est splendide, cette nouvelle toile. On dirait des centaines de petits couteaux éparpillés sur la peau d'un personnage. Tu veux me faire au moins dix tableaux comme celui-là ? Ce sera ta période des « petits couteaux ». Amusant, n'est-ce pas ?

Entendre un petit rire. Gémir. Puis un : « Chérie, où es-tu ? » Puis un : « Que fais-tu là, Anita ? » Enfin, une course folle dans l'atelier : « J'appelle un médecin. » Puis, plus rien.

Ouvrir les yeux. Voir un intrus penché sur soi, auscultant la poitrine avec son appareil froid, tâtant la gorge et disant :

— Comment vous êtes-vous fait cette égratignure ? On dirait que vous...

L'interrompre en le regardant en pleine figure. Ne rien répondre. Hausser les épaules en signe d'impuissance. Penser aux yeux de Mireille et de sa grand-mère recouverts par des couches de couleurs, remplacés par ces lignes hachurées, fines comme des lames de couteaux. Sourire. Remarquer soudainement l'étrange pupille rouge du médecin. Imaginer cet œil crevé, dégoulinant de sang sur le plancher. Les belles taches écarlates à reproduire soigneusement, une à une, sur la toile vierge. Se dire : « J'aborde maintenant ma période rouge... »

CH. DUSTIER,
508-1, 1890–

L undi matin, 7 h 30. Des lumières s'allument dans un corridor sale. Un chariot à linge avance lentement. Une des roues du chariot frotte contre l'essieu en produisant un vacarme agaçant. On entend une voix lointaine : « M'sieu l'curé, j'm'en vas mourir. » Un homme en blanc se dirige vers la voix, dans la chambre 508. Il aperçoit un bénéficiaire complètement nu, assis dans son lit. Le bénéficiaire frotte son pénis mou entre ses doigts gluants de sperme. L'homme en blanc réprimande le bénéficiaire en lui tapant sur les doigts, puis il regarde l'inscription affichée au-dessus de la tête du lit : Ch. Dustier, 508-1, 1890. Il dit : « Nous allons nous lever, monsieur Dustier. » L'homme en blanc regarde dans un petit carnet noir afin de ne rien oublier. Il lit :

NOM DU CLIENT : Ch. Dustier.

CHAMBRE DU CLIENT : 508-1.

COMPORTEMENT DU CLIENT : Crie souvent, se masturbe chaque matin.

CONTACT AVEC LE CLIENT : Ne comprend pas ce qu'on lui dit, l'approcher avec prudence.

TEMPÉRAMENT DU CLIENT : Agité, parfois agressif et sournois.

RÉSUMÉ DU DOSSIER : Traumatisme, aliénation.

TEMPS À ACCORDER AU CLIENT : Pas plus de 5 minutes.

REMARQUES : L'attacher à sa chaise.

Avec rapidité, l'homme en blanc lave le bénéficiaire, le lève, l'assoit, l'attache à sa chaise puis poursuit sa tournée matinale sans l'avoir peigné. L'homme en blanc est déjà en retard. Il a pris six minutes car il a perdu une minute à chercher la ceinture de sûreté du client. Resté seul, celui-ci serre les dents puis fixe le vide. Au déjeuner, il mange le verre de carton après avoir bu le jus. Au dîner, il échappera sa soupe puis fixera le vide de nouveau jusqu'à deux heures. Ensuite, il criera encore en se masturbant : « M'sieu l'curé, j'm'en vas mourir. » L'homme en blanc accourra aussitôt mais il sera trop tard. Ch. Dustier, 508-1 aura uriné par terre, une mare d'urine autour de sa chaise, une odeur forte et empestante dans la chambre. On couchera le client en prenant soin d'enrouler une couche épaisse autour de son pénis pour ne pas avoir à changer toute sa literie toutes les heures. Peut-être le bénéficiaire aura-t-il des selles en soirée, une selle abondante à inscrire dans le cahier de contrôle intestinal. Sinon, on lui administrera un laxatif.

Couché dans son lit, Ch. fixera le plafond sans dormir. La noirceur, uniquement, lui fermera les yeux.

Mardi matin, 7 h 30. Des lumières s'allument dans un corridor sale. Un chariot à linge avance lentement. Une des roues du chariot frotte contre l'essieu en produisant un vacarme agaçant. On entend une voix lointaine : « M'sieu l'curé, j'm'en vas mourir. » Un homme en blanc se dirige vers la voix, dans la chambre 508. Il aperçoit un bénéficiaire complètement nu, assis dans son lit. Le bénéficiaire frotte son pénis mou entre ses doigts gluants de sperme. L'homme en blanc réprimande le bénéficiaire en lui tapant sur les doigts. Avec rapidité, l'homme en blanc lave le bénéficiaire, le lève, l'assoit, l'attache à sa chaise puis poursuit sa tournée matinale sans l'avoir peigné. Resté seul, celui-ci serre les dents puis fixe le vide. Au déjeuner, il mange le verre de carton après avoir bu le jus. Au dîner, il échappera sa soupe puis fixera le vide de nouveau jusqu'à deux heures. Ensuite, il criera encore en se masturbant : « M'sieu l'curé, j'm'en vas mourir. » L'homme en blanc accourra aussitôt mais il sera trop tard. Ch. Dustier, 508-1 aura uriné par terre, une mare d'urine autour de sa chaise, une odeur forte et empestante dans la chambre. On couchera le client en prenant soin d'enrouler une couche épaisse autour de son pénis pour ne pas avoir à changer sa literie toutes les heures. Peut-être le bénéficiaire aura-t-il des selles en soirée, une selle abondante à inscrire dans le cahier de contrôle intestinal. Sinon, on lui administrera un laxatif.

Couché dans son lit, Ch. fixera le plafond sans
dormir. La noirceur, uniquement, lui fermera les
yeux.

Mercredi matin, 7 h 30. Des lumières s'allument
dans un corridor sale. Un chariot à linge avance
lentement. Une des roues du chariot frotte contre
l'essieu en produisant un vacarme agaçant. On entend
une voix lointaine : « M'sieu l'curé, j'm'en vas mourir. »
Un homme en blanc se dirige vers la voix, dans la
chambre 508. Il aperçoit un bénéficiaire complètement nu, assis dans son lit. Le bénéficiaire frotte
son pénis mou entre ses doigts gluants de sperme.
L'homme en blanc réprimande le bénéficiaire en lui
tapant sur les doigts. Avec rapidité, l'homme en
blanc lave le bénéficiaire, le lève, l'assoit, l'attache à
sa chaise puis poursuit sa tournée matinale sans
l'avoir peigné. Resté seul, celui-ci serre les dents
puis fixe le vide. Au déjeuner, il mange le verre de
carton après avoir bu le jus. Au dîner, il échappera
sa soupe puis fixera le vide de nouveau jusqu'à deux
heures. Ensuite, il criera encore en se masturbant :
« M'sieu l'curé, j'm'en vas mourir. » L'homme en
blanc accourra aussitôt mais il sera trop tard. Ch.
Dustier, 508-1 aura uriné par terre, une mare d'urine
autour de sa chaise, une odeur forte et empestante
dans la chambre. On couchera le client en prenant
soin d'enrouler une couche épaisse autour de son
pénis pour ne pas avoir à changer sa literie à chaque
heure. Peut-être le bénéficiaire aura-t-il des selles
en soirée, une selle abondante à inscrire dans le
cahier de contrôle intestinal. Sinon, on lui administrera un laxatif.

Couché dans son lit, Ch. fixera le plafond sans dormir. La noirceur, uniquement, lui fermera les yeux.

Jeudi matin, 7 h 30. Les lumières, le chariot, la roue et le vacarme agaçant. La voix lointaine aussi : « M'sieu l'curé, j'm'en vas mourir... » L'homme en blanc, la chambre 508, le bénéficiaire nu, le pénis mou, les doigts gluants de sperme. La réprimande, l'inscription : Ch. Dustier, 508-1, 1890. Le petit carnet noir.

On lave, on lève, on assoit, on attache, on poursuit sa tournée. On ne peigne toujours pas. Il serre, il fixe, il mange, il boit. Déjeuner, dîner, deux heures. Il crie : « M'sieu l'curé, j'm'en vas mourir... » Il se masturbe, urine. On couche. Enroule. Contrôle. Inscrit. Il fixe. La noirceur, les yeux fermés.

Vendredi, samedi, dimanche. Février, mai, septembre. Les hommes en blanc vont, viennent, entrent, sortent. Certains ne reviendront plus, convaincus de réaliser enfin des rêves longtemps caressés. Ils luttent plus loin, ailleurs. D'autres se saoulent, pleurent derrière leur dixième verre de bière, fatigués de pousser le chariot qui fait tant de vacarme. Plusieurs savent que cela ne peut plus durer mais, au fond, ne sont-ils pas fiers d'appartenir à la machine sociale ? Chose certaine, tous font l'amour parfois, tous trompent l'amour aussi. Tous jouent aux échecs ou au golf ou aux quilles, tondent leur pelouse, planifient leurs prochaines vacances, conduisent leur auto neuve, grondent leurs enfants. Tous fument des Gitanes, des Craven A ou du haschich.

Ch. Dustier, 508-1, 1890, continue, lui, de crier, de frotter son pénis, de serrer les dents, de fixer le vide, de manger son verre de carton, d'échapper sa soupe, d'uriner par terre, de fixer le plafond sans dormir.

Charles Dustier, dans la chambre numéro 8, dans le lit numéro 1, au cinquième étage d'un centre hospitalier pour malades chroniques, est né en 1890. Traumatisé à sept ans par un curé qui l'a violé, Charles est mort vieux, très vieux, à quatre-vingt-dix-huit ans, au moment même où les autorités médicales songeaient sérieusement à célébrer son centenaire.

La mort, enfin, lui a fermé les yeux.

LES STATUES

« Tournant les yeux du côté
de Sodome et Gomorrhe et
sur toute l'étendue de la
plaine, il vit monter de la
terre une fumée semblable
à la fumée d'une four-
naise. »

Genèse 19, 28.

De loin, Mentor avait l'impression de voir des pierres façonnées par le temps. Plus il avançait, et plus il croyait distinguer des monuments. C'était sans doute une fausse impression mais cela suffisait à l'arrêter. À la pensée qu'il pouvait s'agir d'un cimetière, une certaine frayeur s'empara de lui.

Mentor pensa alors à sa mission de reconnaissance. Il détourna les yeux. Une immense plaine au sol orange s'étendait devant lui. Il devait d'abord signaler sa position au vaisseau de contrôle qui tournoyait autour de la planète. Il prit un petit appareil aimanté à sa combinaison puis joua avec des boutons. Il composa un numéro apparaissant sur le cadran attaché à son poignet. Après avoir entendu le déclic, il replaça l'appareil sur sa combinaison.

En principe, Mentor devait attendre que le vaisseau se pose. Il avait établi clairement sa position, dressé un rapide aperçu de cette nouvelle planète en spécifiant qu'un navire spatial pouvait s'y poser sans danger. Son rôle d'éclaireur s'arrêtait là. Mais comme il devait attendre, les monuments intrigants refirent surface dans son esprit. Il avait le temps de les examiner de plus près avant l'arrivée du vaisseau. Il surmonta sa crainte et s'avança lentement en direction de l'étrange cimetière.

À quelques mètres des monuments, Mentor s'arrêta, paralysé par l'étonnement : ce n'était pas des monuments mais des statues taillées dans la pierre. Elles ne paraissaient pas plus grandes que lui et elles représentaient des êtres identiques aux humains. De plus, tous les visages étaient tournés en arrière, les yeux de calcaire fixant le ciel. Les centaines de statues conservaient cette même position, ce même cou tordu en arrière, ce même regard apeuré renversé vers l'infini. C'était à la fois hallucinant et affolant, à tel point que Mentor, instinctivement, se tourna vers le ciel pour voir ce que pouvaient bien fixer ces statues. Il ne vit que des ombres gazeuses, semblables aux nuages terrestres.

Mentor se demanda qui avait érigé ces statues. Des êtres semblables à lui, avec un corps comme le sien ? Il se trouvait effectivement dans un cimetière où l'on momifiait probablement les cadavres en durcissant leur corps et en tournant leur regard vers le ciel. Cette planète était donc habitée. Mais Mentor refusait d'admettre qu'elle puisse l'être par des humains comme lui, malgré les courbures sculptées des statues rappelant étrangement l'anatomie humaine. Il savait que les terriens colonisaient d'autres planètes depuis au moins une décennie, mais ces planètes colonisées gravitaient autour du système solaire et ne demeuraient pas, comme celle-là, aussi éloignée.

Mentor poursuivit sa marche entre les statues. Il cherchait une raison à donner pour expliquer la présence de ces sculptures. Il avait besoin d'une explication qui ne remettrait pas en question toutes ses croyances. Il réussit à comprendre le phénomène : la planète avait probablement reçu, par le passé, la visite de quelques vaisseaux pirates venus de la terre. Les habitants les avaient accueillis comme des dieux et les avaient adorés en érigeant des totems à leur image. Ces statues résultaient d'une croyance primitive de quelques indigènes peu évolués.

Plus Mentor regardait ces statues, et plus il pensait que son explication était bonne. Les yeux apeurés de ces totems, la tête tournée en arrière, supposaient une malédiction, une peur invisible venue d'ailleurs. Mentor en frémissait dans sa combinaison mais il s'efforçait de passer outre à cette superstition.

Tout à coup, il se sentit tellement lourd qu'il faillit tomber. Ébranlé, il tenta de se ressaisir. Il réussit à se maintenir en équilibre. Que lui était-il arrivé ? À l'aide des petits appareils miniaturisés suspendus à sa combinaison, il calcula la pression atmosphérique et différents phénomènes météorologiques de l'espace auxquels il attribuait la pesanteur ressentie. Il n'alerta pas inutilement l'équipage avec cet incident car il parvenait maintenant à le contrôler. Il continua sa marche autour des statues.

Mentor entendit ensuite un murmure autour de lui. Un chuchotement doux provenait de partout à

la fois. Il avait l'impression d'être enveloppé par ce
son unique. Était-ce un phénomène semblable à ce
qu'on appelait sur la terre le vent ? Mentor n'en
douta pas.

Il arriva bientôt au bout de la rangée de statues.
Le désert s'étendait de nouveau devant lui, orange
et nu, offrant une vue reposante. Le chuchotement
s'amplifiait et devenait de plus en plus présent.
Mentor se sentait bien. Il se sentait toujours bien
devant un paysage nouveau, grandiose. Il avait
l'impression de participer à la beauté de quelque
chose chaque fois qu'il contemplait un panorama
différent. Il se voyait faisant partie du décor.

Une autre sensation de lourdeur écrasa son corps.
Tous ses membres se glacèrent, il ressentit un poids
énorme sur les épaules mais il ne tomba pas. Mentor
pensa alors au vaisseau spatial et il voulut revenir
sur ses pas. Il fut incapable de se retourner. Il fut
incapable de bouger. Il regarda ses pieds que rien ne
semblait retenir. Était-ce un phénomène d'attraction
passager ? Il le supposait. Il l'espérait. Il voulut
sortir son calculateur d'attraction mais son bras
n'obéissait plus. La peur s'empara de lui lorsqu'il
entendit :

— Je ne t'avais pas encore dit de venir, Mentor...

La voix provenait de partout et de nulle part. Elle
semblait, comme les chuchotements, l'envelopper
tout entier. Mentor se demandait à qui pouvait
appartenir cette voix.

— Pourquoi es-tu venu ?

Au fond de lui-même, il devinait qu'il ne devait pas engager une conversation avec cette voix étrange. Il attendit une nouvelle manifestation de la voix mais celle-ci tardait à venir. Un long silence plana sur le désert orange avant que la voix ne dise :

— Je t'ai donné la parole. Pourquoi ne t'en sers-tu pas ?

La voix résonnait autour de Mentor qui faisait des efforts pour ne pas entendre. Cette voix n'existait pas. Il en était persuadé. Comment pouvait-elle exister dans un espace aussi vaste, dans un coin aussi perdu ? À moins que les statues aient la faculté de parler. Il trouva cette explication complètement farfelue.

— Ne cherche pas à savoir, dit la voix. Écoute-moi...

Mentor supposa que la voix devinait ses pensées. Il conclut, avec soulagement, que tout venait de lui. La voix n'était qu'une manifestation de ses craintes intérieures. Cette planète avait peut-être la propriété de matérialiser toute forme de pensée en unité sonore. Il sourit à cette idée, sans trop y croire. Depuis qu'il travaillait comme éclaireur pour les différentes missions de l'Institut d'exploration extra-planétaire, il s'amusait à deviner les surprises qui l'attendaient sur chaque planète. Cette idée de la matérialisation de la pensée était bien la plus drôle qu'il ait produite.

— Tu es venu chercher ce que tu n'as jamais trouvé... Mais il ne fallait pas monter si haut. Il ne fallait pas aller si loin... Maintenant, tu es condamné...

Mentor sentit de nouveau un poids lui écraser les épaules. Il voulut se dégager de ce carcan invisible qui l'empêchait de bouger mais il en fut incapable.

— C'est ici que tout a commencé. Personne ne doit connaître l'endroit exact. C'est ici que j'habite...

« C'est ici que j'habite », se répétait Mentor. Il lui semblait que cette phrase ne lui appartenait pas. Elle résonnait mal dans sa tête et il se sentait à une certaine distance de ces mots. Il comprit ce qu'il ne voulait pas admettre : la voix venait bien d'ailleurs. Ce n'était pas lui qui parlait mais un autre. Il essayait de commander une parole mais rien ne sortait. Il ne pouvait pas contrôler cette voix-là. Il voulait qu'elle se manifeste de nouveau afin de vérifier si elle résonnait comme la sienne. Mais la voix tardait à se faire entendre. Un silence obsédant s'étendit sur le désert.

Mentor ressentit tout à coup un manque d'oxygène. Il avait chaud. Il avait soif. Il avait faim. Il s'accrochait au silence avec ce désir intense d'entendre la voix. Il s'étonnait lui-même de ce désir nouveau, ancré en lui jusqu'au sang. Une boule tiraillait sa poitrine. Son ventre se gonflait peu à peu, laissant un vide immense à l'intérieur de lui. Mentor n'avait jamais ressenti un vide comme celui-là. Cela lui procurait un vertige affolant. Il avait l'impression d'avoir toujours possédé ce vide mais de ne l'avoir jamais senti aussi profondément. Un gouffre. Un gouffre capable de le broyer à tout instant. La voix n'était pourtant pas responsable de ce vide-là. Il le savait. Au contraire, elle comblerait ce trou. Il éprouvait de plus en plus le besoin d'entendre cette voix. «Parle-moi... Parle-moi», se dit-il. Il avait besoin d'entendre. Il avait besoin de comprendre. Il avait besoin de savoir.

Les chuchotements reprirent autour de lui. Du sol orangé, Mentor vit s'échapper une colonne de fumée formant bientôt un brouillard devant ses yeux. Il eut peur mais il se laissa envahir par cette peur en espérant la traverser comme on traverse le brouillard, sans savoir ce qui se trouve de l'autre côté. Il avait besoin de cette voix pour le guider. «Parle-moi... Parle-moi...» C'était un besoin à la fois physique et mental. Il sentait les muscles de ses jambes se raidir et appeler à l'aide. Il devinait que chaque pore de sa peau s'ouvrait pour boire les paroles de la voix.

Mentor était condamné mais il l'acceptait comme une récompense et non comme une malédiction. Il vit une lumière clignotante à travers la brume. Le vaisseau spatial avait cessé de tourner autour de la planète et, maintenant, il se posait sur le sol. Mentor pensa un moment à ses compagnons qui marcheraient à leur tour entre les statues, mais ses idées restaient confuses car il se répétait sans cesse : «Parle-moi, parle-moi...» N'obtenant aucune réponse, il voulut crier. Sa bouche se déchira :

— Parle-moi... Qui es-tu ? Existes-tu ? lança-t-il.

Il sentit alors une présence derrière lui. La voix dit :

— Je suis l'Action. Je suis le Geste. Je suis le Verbe...

C'était Lui. C'était donc Lui. C'était vraiment Lui. Il vit une lumière aveuglante sortir de son ventre et fendre le brouillard. Il ressentit une énorme fatigue. Mais une envie plus forte, plus présente, le faisait haleter. Les chuchotements s'élevèrent en une seule voix. Il voulait voir. Il voulait toucher. Il devinait Son visage au-dessus du brouillard. Mentor avait entendu, Mentor avait pénétré Son Royaume, Mentor voulait maintenant voir. Il fit des efforts pour briser l'immobilité et faire pivoter sa tête. Il libéra son cou.

Alors Mentor se retourna...

UN CADEAU POUR
ISABEAU

— Paul, tu es là ? Paul...

Aucune réponse. Aliane se mord la lèvre en regardant l'intérieur de la maison.

— Paul, réponds-moi...

Rien. Personne. Aliane soupire. Elle éprouve tout à coup un affreux sentiment de culpabilité en promenant son regard sur le papier peint de la cuisine. Pourquoi avoir lu le journal ce matin ? Pourquoi ne pas avoir prévu les événements ?

Elle pense à Paul qui rentrera bientôt. Il faudra jouer le jeu et l'écouter. Il ne faudra pas le regarder. Pas tout de suite. Aliane supporte mal la faiblesse et la vulnérabilité de Paul. Mais il faudra bien lui faire face. Quand Paul découvrira son erreur, il versera des larmes qui la bouleverseront encore. Aujourd'hui, la journée de travail a été particulièrement frustrante. Elle n'a ni le courage ni la force d'affronter le malaise de Paul.

Un bruit. Quelqu'un monte l'escalier du perron en vitesse. Quelqu'un pousse la porte et entre rapidement à l'intérieur. Quelqu'un respire par petites saccades. Aucun doute.

— C'est toi, Paul?

Aliane tourne les yeux pour ne pas le voir. Elle fait semblant de s'affairer autour du réfrigérateur.

— J'ai été suivi, dit Paul en essayant de reprendre son souffle. Je suis sûr qu'il est encore là, qu'il m'attend dehors.

Aliane se rend à la fenêtre, regarde à l'extérieur en tirant négligemment les rideaux.

— Il n'y a personne... Tu n'as plus rien à craindre.

Elle reste là, le nez collé à la vitre, sans se retourner vers Paul.

— Il est sorti de la librairie en même temps que moi. Il m'a suivi un moment puis il est venu se planter devant moi. Il m'a dit : «Je vous ai vu à la librairie tout à l'heure, c'est bien vous...» Puis il a ajouté : «Vous avez pris mon livre et vous l'avez feuilleté. Vous vous rappelez?» Moi, j'ai dit : «Non, je ne me souviens pas...» Il m'a dit : «Le titre, c'est *La Cicatrice*. Vous vous souvenez du titre, n'est-ce pas?»

— *La Cicatrice*? Quel drôle de titre...

— Tu connais? Je me souvenais vaguement l'avoir feuilleté. Alors il enchaîne : «Vous avez pris une page au hasard... Je crois que c'était la page 129... Vous avez lu un peu puis vous avez refermé mon livre pour le remettre sur le présentoir. Il ne vous a pas plu ?» Alors, gêné, j'ai répondu : « Si, bien sûr, mais...» Il m'a regardé étrangement avant de répondre : « Alors, pourquoi ne pas l'avoir acheté ? J'ai passé trois ans, trois ans de ma vie à écrire ce roman et vous n'avez lu qu'un paragraphe ! J'ai sué, j'ai corrigé pendant trois ans pour me faire rabrouer par un client comme vous qui n'a lu qu'un paragraphe et qui a rejeté mon livre avec les autres. Mais qu'est-ce que je vous ai fait, moi, qu'est-ce que je vous ai fait ?» Il s'est mis à me bousculer. Alors je me suis enfui. Je suis sûr qu'il voulait m'égorger, me tuer, me couper en petits morceaux...

De nouveau, Aliane se sent coupable. Elle pense au gros titre macabre du journal de ce matin. Aliane se demande comment elle a pu lire le journal devant Paul en oubliant sa réaction. Elle revoit pourtant la scène : camouflée derrière son journal, au petit déjeuner, elle a offert à Paul cette image macabre d'un sac ficelé dans lequel se trouvait certainement un corps démembré. Et de grosses lettres aussi, ELLE VEND SON FILS MORCEAU PAR MOR-CEAU APRÈS L'AVOIR DÉBITÉ ELLE-MÊME, qui dansaient devant les yeux de son mari. Pas étonnant qu'il n'ait rien mangé. Une fois encore, Aliane entend la phrase idiote qu'elle a dite : « Tu ne bois pas ton café ce matin, chéri ?» sans même se douter que rien n'allait plus. Vers la fin de l'après-midi, tout est devenu clair. Elle a vu la phrase macabre dans le journal déposé sur son bureau. Elle a grimacé. Elle a compris.

Paul continue de parler mais Aliane n'entend plus. Elle est toujours étonnée par les longs monologues de son mari dans ces situations, lui qui est d'ordinaire si silencieux. Elle essaie d'imaginer comment il s'est senti pendant la journée. Il le lui a souvent raconté et il le racontera encore ce soir, quand tout sera terminé. D'abord des images viennent le frapper, l'aveugler. Des flashes. Du sang, un sous-bois, un lacet autour des poignets et du cou, un corps mutilé. Puis une sensation d'étouffement. Paul éprouve le besoin de respirer. Il croit que l'air vicié de la maison est en partie responsable de cet étouffement. Alors il ouvre les fenêtres, fait le ménage, déplace les meubles. Ensuite, épuisé, il se repose. Mais le malaise persiste, la sensation d'étouffement s'intensifie. Il sort, persuadé que l'air frais lui fera du bien. Malheureusement, dehors, tout peut arriver. Il imagine une balle perdue qui lui défonce le dos. Il imagine un œil dans une mire, une mitraillette pointée vers lui. Il se sent surveillé. Il ressent une douleur atroce aux reins. Il veut crier, avertir les passants du meurtre qu'on prépare contre lui. Mais il s'adosse à un mur de pierres ou s'agrippe à une fontaine. Il ferme les yeux. Il se répète : « Maudit fou, Paul, maudit fou... » Il entend son cœur claquer, se mêler à la chute de l'eau comme de minuscules vannes d'écluses. Ses mains deviennent moites et d'autres images traversent son esprit à une vitesse fulgurante.

Aliane sait tout cela. Généralement, c'est à ce moment qu'il pense à Isabeau.

— Qu'es-tu allé faire à la librairie ?

— J'ai acheté un cadeau pour Isabeau...

Aliane garde les yeux rivés à la fenêtre. Ne pas se retourner tout de suite. Attendre encore un peu. Surtout ne pas pleurer. Retenir ses larmes. Avoir la force que Paul n'a plus, que Paul n'a jamais eue.

Paul fouille dans son sac :

— C'est un livre... Regarde le titre : *Suzie à la campagne.* Isabeau aimera cette histoire, j'en suis certain. Et il y a de beaux dessins. Le livre raconte la visite de Suzie à la ferme de ses grands-parents. C'est naïf mais charmant.

Voyant qu'Aliane ne se retourne pas, Paul insiste :

— Aliane, regarde...

Lentement, Aliane pivote sur elle-même en fixant Paul. Elle essaie de contenir ses larmes. Elle exagère la froideur, la dureté de son regard pour ne rien laisser paraître. Paul demeure immobile, les yeux perdus dans ceux d'Aliane, la main tendue avec le livre entre ses doigts. Il regarde Aliane, il regarde le livre, il regarde encore Aliane puis son regard se perd vers le livre, vers sa main, vers le sol.

— Donne-le-moi, dit-elle.

Elle prend le livre. Paul ne réagit pas. Un moment, il garde la main tendue comme dans l'espoir d'un contact. Mais Aliane tourne déjà les talons tandis que Paul se laisse choir sur le divan.

Aliane pénètre dans la chambre d'Isabeau. Ferme la porte. Elle s'appuie contre l'encadrement en soupirant. Elle serre le cadeau d'Isabeau contre sa poitrine puis prend de grandes respirations pour ne pas crier, pour ne pas étouffer. Des larmes glissent sur ses joues et elle se laisse envahir un moment par son chagrin. Elle pense à Paul qu'il faudra aller retrouver. Il faudra s'asseoir près de lui, le prendre dans ses bras, lui caresser les cheveux et lui sourire. Il faudra s'excuser pour le journal de ce matin, pour ce titre qui a tout déclenché. Il faudra écouter ce que Paul racontera, les images affreuses, sa sensation d'étouffement, la balle perdue, la mire, la mitraillette, la fontaine ou le mur, son cœur qui claque, ses mains moites, la librairie et le cadeau pour Isabeau.

Aliane caresse la couverture glacée du livre. Elle revoit Isabeau dans un sous-bois, attachée à un arbre, le cou et les poignets lacérés, les cheveux sales et le visage meurtri. Elle revoit sa photo dans le journal à côté de celle de l'agresseur et le titre rouge : LA PETITE ISABEAU RETROUVÉE À FARNHAM. Elle revoit son mari identifiant le corps, son visage blême, sa colère, sa crise, sa dépression, les mois à la clinique et ce regard nouveau, ailleurs, qui ne le quitte plus. Elle pense à son propre corps tendu comme une corde de guitare qu'on s'entête à faire vibrer. Elle sait que tout peut casser, dans ses bras, dans son ventre, dans sa tête. Mais elle doit rester debout. Aujourd'hui encore.

Alors Aliane essuie ses larmes. Elle s'avance vers la bibliothèque d'Isabeau, le dos courbé par la fatigue. D'un geste lent, routinier, elle dépose le cadeau d'Isabeau à côté des trente-deux autres exemplaires de *Suzie à la campagne*.

LA VALISE ROUGE

Elle avait été séduite par cette petite valise rouge qu'il tenait par la poignée. Elle n'avait jamais vu un rouge aussi vif ni un carré aussi parfait. Elle admirait cette couleur, cette forme, et elle se demandait laquelle des deux l'attirait le plus. Elle gardait les yeux rivés sur cet homme tenant une valise carrée rouge et cette image la bouleversait. Elle se demandait à quoi pouvait penser un homme portant une telle valise. Où allait-il ? Elle imaginait différents scénarios et se sentait triste à l'idée que l'homme allait peut-être déposer sa valise quelque part.

Intriguée, elle se mit à suivre l'homme à la valise rouge. Elle n'avait pas remarqué son visage taciturne, ses yeux bleus, lointains, retranchés derrière les cernes. Elle avait à peine noté sa démarche hésitante, comme si chacun de ses pas était un défi lancé à son corps. Elle était fascinée par la valise qui prenait toute la place. Parfois, elle tentait d'imaginer ce que pouvait dire un homme comme lui. Parlait-il nerveusement, bégayait-il ou restait-il silencieux ? Mais ces questions lui importaient peu. Ses yeux fixaient uniquement la valise.

L'homme s'arrêta à une intersection, tourna à droite et entra dans un hôtel. Elle le suivit, satisfaite. Elle aimait les hôtels, et la valise rouge cadrait bien avec un décor comme celui-là. L'homme était sans doute un voyageur qui vivait souvent dans les chambres d'hôtel. Il en avait le style et cela se remarquait dans sa façon de tenir la valise.

L'homme ne demanda pas de chambre. Il se dirigea vers le bar situé dans la pièce adjacente au hall d'entrée. Il s'assit à l'écart des clients habituels et déposa sa valise sur la table. L'endroit était sombre. Une musique de fond, jouée en sourdine mais omniprésente, créait une ambiance désagréable.

Il ne la vit pas entrer. Elle aperçut d'abord la valise posée sur la table et elle choisit une place non loin de lui. Elle croyait qu'il ouvrirait la valise. Elle se rendit compte, à son grand étonnement, qu'elle ne s'était jamais intéressée au contenu de cette valise. Que pouvait contenir une valise comme celle-là ? Cela importait moins que le rouge et la forme carrée.

Elle demeura un moment dans la pénombre à fixer l'homme. Elle pensa à la valise, à l'hôtel, au bar et aux deux ombres qu'ils formaient parmi les tables. Elle ne put s'empêcher d'esquisser un sourire. Elle avait vu tant de fois cette scène au cinéma que la réalité semblait venir d'ailleurs. Le cliché la gênait. Elle voulait pourtant se lever et parler à l'homme. Allait-il penser qu'elle le draguait ? Elle soupira puis, attirée par la valise, elle se leva et s'assit en face de l'homme. Elle dit : « Vous permettez ? » N'ayant pas prévu ce geste, il sursauta et lui fit une place en tentant d'enlever sa valise encombrante sur la table. Elle toucha à la valise pour lui interdire de l'enlever. Elle dit : « Ne vous dérangez pas pour moi. Je veux juste causer un peu », en tambourinant contre la texture lisse de la valise. Elle avait l'impression de toucher uniquement le rouge et cela lui procura des frissons dans le dos. Il dit : « Assoyez-vous, je vous offre un verre. » Il appela le garçon et commanda deux scotches. Elle n'aurait jamais cru qu'un homme portant cette valise rouge puisse boire du scotch. Elle se sentit mal à l'aise car elle n'aimait pas qu'un homme lui offre à boire. De plus, celui-ci n'était visiblement pas habitué à inviter une femme car il commandait gauchement au garçon de table.

Il se tourna vers elle. Elle chercha un sujet de conversation. Elle dit : « Vous avez une belle valise. » Il ne répondit pas tout de suite. Il la regarda avec ses yeux lointains. Elle se sentit ridicule d'engager la conversation de cette manière. Il dit : « C'est un cadeau. » Elle ne savait pas très bien pourquoi il répondait ainsi, mais elle se rendit compte qu'il ne bégayait pas et que sa voix n'était pas nerveuse. Son timbre était clair, aussi clair que le rouge vif de sa valise.

Il parla du voyage qu'un de ses amis avait fait et de la valise porte-bonheur qu'il lui avait ramenée. Elle fit des blagues. Il rit. Elle lui offrit un verre à son tour. Il accepta. L'ambiance devint de plus en plus chaleureuse et elle s'étonna qu'un homme comme lui, avec une valise comme la sienne, puisse parler de tout et de rien avec aisance et chaleur.

Plus tard, il laissa échapper une phrase qu'elle n'attendait pas. Il dit : « Je vous invite à ma chambre. Nous serons plus à l'aise pour parler. » Dans les vapeurs de l'alcool, elle ne comprit pas clairement et pensa à la valise qu'elle pourrait enfin voir à la lueur d'une lampe. Elle se mit à rire et se leva. Il la suivit et l'entraîna à l'étage, là où se trouvait sa chambre.

Elle comprit le danger de la situation quand elle fut rendue sur le seuil de la porte. Que lui voulait cet homme ? Pensait-il qu'elle était une fille facile ? Elle avait la tête qui tournait et elle croyait que toutes ces questions lui feraient perdre l'équilibre. Elle préféra donc se laisser entraîner par l'ivresse et admettre qu'au fond, elle avait vraiment envie de connaître cet homme.

L'homme n'alluma pas en entrant dans la chambre. Il resta dans la pénombre, déposa sa valise sur le lit et se rendit près d'une grande fenêtre qui donnait sur la ville. Il faisait nuit et le clignotement des néons de l'hôtel se reflétait dans la fenêtre. Elle vit la silhouette de l'homme se dessiner à travers la lumière des néons. Il dit : « J'adore la noirceur. » Elle s'assit sur le lit, près de la valise, en pensant que la voix de l'homme était devenue plus grave, plus triste. D'ordinaire, elle aurait trouvé cette pénombre propice à des sensations agréables mais maintenant elle y voyait une ambiance presque angoissante.

L'homme sortit nerveusement une cigarette de sa poche et fit craquer une allumette. Il tira une bouffée et regarda au-dehors. Les néons lui coloraient le visage, tantôt en vert, tantôt en bleu tandis qu'un nuage de fumée s'élevait autour de lui. Un long silence régna alors dans la chambre. L'homme semblait totalement l'ignorer et cela la blessa énormément. Elle voulut faire quelque chose pour surprendre l'homme et le forcer à lui parler. Elle vit le contrôle à distance d'un téléviseur sur la table de chevet et, sans hésiter, tendit la main vers l'objet et appuya sur un bouton. Aussitôt, une image apparut dans le téléviseur qui était à l'autre bout de la pièce. Les murs s'éclairèrent un peu plus même si l'écran ne projetait qu'une lumière tamisée. Une musique rock se fit entendre. L'homme sursauta mais plutôt que de se tourner vers elle comme elle l'espérait, il braqua son visage sur le téléviseur. Sur l'écran, on voyait un homme, la nuit, dans une ruelle pleine de décombres, un homme qui cherchait quelqu'un et qui errait à droite et à gauche. Il semblait avoir peur de son ombre et le rythme musical imprégnait toute la scène de violence. Elle se sentit mal à l'aise devant ce *vidéoclip*. Elle ne put s'empêcher de faire un parallèle entre cet homme qui courait de ruelle en ruelle, à la recherche d'un inaccessible rêve de nuit et l'individu devant elle, immobile, le corps perdu dans le noir. Elle se disait qu'il offrait une belle image de *vidéoclip* avec ses flashes de lumière provenant des néons. Elle le regardait et se demandait à quoi il pensait en fixant l'écran. Elle ne pouvait pas savoir que l'homme en avait assez de ces images grotesques et répétitives. Il en avait assez de l'errance qui caractérisait tous les personnages. Il en avait assez des décors de ruines, des décombres et de tout ce faux-semblant de pauvreté. Il en avait assez de toute cette mode

reliée à l'artifice des images, à ce cinéma irréel. Il
avait besoin d'images neuves. Il fallait tout rayer.
Recommencer. Inventer des histoires nouvelles sans
le cul-de-sac du *no future*.

Il se tourna alors vers elle et cria à travers la
musique. Il dit : « Aidez-moi ! » Sans attendre, elle
pressa de nouveau le bouton. L'image disparut et le
silence s'imposa dans la chambre. Il s'avança lentement vers le lit. Il s'adressa à elle en touchant la
valise rouge. Il dit : « Que croyez-vous qu'il y ait à
l'intérieur de ma valise ? » Cette question la surprit
et la remplit d'inquiétude. Elle pensa que son contenu
pouvait la concerner directement mais elle refusa
de croire à cette éventualité. Elle dit : « Je ne sais
pas. » Il insista : « Essayez de deviner... » Elle n'aimait
pas ce petit jeu. Elle haussa les épaules et dit :
« Comment pourrais-je savoir ? » Il dit : « Faites un
effort... » Elle remarqua le ton particulièrement suppliant de cette dernière phrase et elle fut touchée.
Elle songea à son « Aidez-moi ». Avait-il besoin qu'on
l'aide à découvrir le contenu de sa valise ? C'était
absurde. Elle lui tendit les bras. Elle dit : « Votre
valise n'a pas d'importance. »

L'homme parut choqué par cette remarque. Il se
redressa et dit : « Si, cela est d'une importance capitale
sinon ils m'en voudront. Il ne faut pas leur laisser
croire que cette valise est intéressante et les décevoir
à la fin en leur disant qu'il n'y a rien à l'intérieur.
C'est impossible, absolument impossible... »

Elle ne comprenait pas. Elle se demanda de qui il
voulait parler. L'homme avait cessé de la regarder. Il
fixait le vide en aspirant une dernière bouffée de sa

cigarette. Il cherchait des explications en se parlant
à lui-même. Il se dit : « Un homme vit de chambre
d'hôtel en chambre d'hôtel en traînant une valise
rouge. Qui peut-il bien être ? »
Il se tourna vers la fenêtre et elle vit distinctement
son visage dans le halo du néon. Il semblait absorbé
par quelque chose qui le rongeait de l'intérieur. Elle
voulut l'aider même si elle n'y comprenait rien. Elle
dit : « C'est peut-être un voyageur de commerce ? » Il
parut satisfait de la réponse car il se retourna aussitôt
vers elle. Il dit : « Oui, c'est ça. Supposons que c'est
un voyageur de commerce. Que transporte-t-il ? »
Elle devait maintenant inventer autre chose. Elle
pensa à différents objets, vêtements, cravates, ency-
clopédies puis laissa échapper : « Des brosses... c'est
un vendeur de brosses... » mais avant même que
l'autre ne réagisse, elle se corrigea : « Non, cette
valise est trop belle pour ne contenir que des
brosses... » Cette remarque plut énormément à
l'homme. Il s'avança rapidement vers elle, lui toucha
les mains. Il dit : « Vous avez entièrement raison.
Cette valise est beaucoup trop belle. Vous connaissez
bien ma valise... Je suis persuadé que vous saurez
découvrir ce qu'elle contient. » Puis il garda le silence
en la fixant étrangement.

Elle eut peur de ces yeux lointains qui s'attardaient
dans les siens. On aurait dit qu'il venait de découvrir
quelque chose. Il la toucha lentement en posant sa
main sur sa joue. Il dit : « Vous ressemblez à un
personnage. Un personnage qui arrive subitement,
sans prévenir. Ce n'est d'abord qu'une idée. Au
début vous croyez que c'est votre idée, mais peu à
peu vous vous rendez compte que ce n'est pas vous,

vous empruntez ces pensées à quelqu'un d'autre.
Alors vous cherchez un corps. Tranquillement vous
le façonnez, vous lui donnez vie et tout à coup,
comme vous devant moi, vous faites face à votre
personnage...» Elle avait envie de rire de cette mise
en scène un peu facile. Ainsi il avait inventé cette
histoire de valise pour en arriver là, pour se donner
un prétexte pour la toucher. Elle n'osait pas dénoncer
cette attitude car il la touchait doucement avec une
tendresse qui lui donnait la chair de poule.

Il s'étendit près d'elle sur le lit. Il ne la toucha
plus. Elle se retourna et se pencha au-dessus de lui.
Il dit : «Puis, vous vivez avec ce personnage jour
après jour, nuit après nuit, jusqu'à ce que des mots
s'écrivent ou qu'un comédien s'incarne en lui avec
impolitesse et effronterie. Alors il ne vous reste
plus rien... Soudainement, tout s'efface...» Elle comprenait de moins en moins mais elle était extrêmement touchée par ces propos. L'homme avait maintenant des larmes aux yeux. Il les laisse couler puis
une phrase sortit de sa bouche tremblante. Il dit :
«Personne ne s'intéresse à mes histoires.» Elle crut
discerner l'extrême solitude de l'homme. Elle s'approcha lentement de son corps, posa ses lèvres sur
les siennes. Puis, il se mit à parler. Il lui raconta des
tas d'histoires où il était question de voyages. Il lui
présenta de nombreux personnages en spécifiant
que c'était toujours elle son plus beau. Puis, vidé, il
eut chaud. Elle lui enleva ses vêtements en le débarrassant d'un poids supplémentaire qui l'étouffait. Il
fit la même chose et vint se coller contre sa peau. Ils
restèrent un moment côte à côte, sans faire un
geste, puis leurs mains maladroites se cherchèrent,

s'agrippèrent à un cou, une poitrine, un ventre sans franchir le désir. En ramenant sa tête sur l'oreiller, elle comprit qu'elle ne pouvait pas faire l'amour avec cet homme. Il parlait d'inceste, en précisant qu'il serait incapable de trahir un personnage comme elle. Elle n'insista pas car elle était ébranlée par ces mots qui comblaient le vide ressenti au creux de son ventre.

L'homme s'endormit. Elle resta toute la nuit éveillée. Parfois elle le regardait. Maintenant il ne lui offrait plus qu'une image nue, un désert qui ne lui faisait pas peur. Elle pensa aux écrivains, à ces étranges personnages barricadés dans leur toile intérieure. Cette nuit, un de ceux-là avait laissé sa toile à découvert.

Au matin, elle vit la valise au pied du lit. La lumière du jour rendait le rouge plus vif. Elle pensa aux autres et à la phrase de l'homme : « Il ne faut pas leur laisser croire que cette valise est intéressante et les décevoir à la fin en leur disant qu'il n'y a rien à l'intérieur. » Comme elle sentait venir la fin de l'histoire, elle se leva, toucha longuement la valise et l'ouvrit. À l'intérieur, il y avait des feuilles dactylographiées à double interligne. C'était un manuscrit inachevé. La première page était blanche avec un titre au milieu : *La Valise rouge.* Intéressée, elle se mit à lire les premières phrases : « Elle avait été séduite par cette petite valise rouge qu'il tenait par la poignée. Elle n'avait jamais vu un rouge aussi vif ni un carré aussi parfait. Elle admirait cette couleur, cette forme, et elle se demandait laquelle des deux l'attirait le plus... »

PLINE ET CHLOÉ *

* Cette nouvelle a été diffusée à Radio-Canada (CBF-FM) à l'émission *Inédit*, en novembre 1985.

L e Général passe lentement sa main gauche sur son front, ses yeux, sa bouche. Puis, en soupirant, il consent à affronter les regards provocateurs de Pline et de Chloé debout devant lui.

— Bon, laisse-t-il échapper avec lassitude, vous irez avec les autres dans les abris antinucléaires. Puisque vous ne voulez pas aller à la guerre, vous devez vous résoudre aux abris. Dehors, on vous indiquera dans quel camion vous devez vous rendre.

Et d'un vague signe de la main, il donne ses directives à un officier. Celui-ci entraîne Pline et Chloé au-dehors.

Le Général se lève. Se rend à la fenêtre. Il regarde s'éloigner ces deux jeunes gens et tout s'embrouille en lui. Il sent la pesanteur de l'énorme chaîne entre ses doigts. Il revoit le licou de cet homme, de cette femme. Une chaîne reliant pour la vie Pline à Chloé. L'étrange liaison de ce couple, qui ne veut pas mourir sur le champ de bataille, oblige le Général à prendre conscience, pour la première fois, de l'absurdité de la guerre.

Refoulés dans le gros camion blindé du gouver-
nement, Pline et Chloé sont gênés à cause des yeux
braqués sur eux. Mais Chloé défie leur regard. Elle
pense aux yeux du président vus sur l'écran de
télévision, la semaine dernière, alors qu'il annonçait
à toute la population que le pays était maintenant
en guerre. Dissimulées derrière la raison d'État, les
pupilles du président trahissaient une sorte de folie
furieuse.

Des frissons parcourent tout le corps de Chloé
lorsqu'elle songe au regard du président. Et maintenant, elle compare ce regard à celui de ces hommes,
de ces femmes, de ces enfants pelotonnés contre
elles. Une même démence se lit au creux de ces
prunelles mouvantes. Elle regarde ces enfants qui
pleurent, ces femmes qui perdent patience en
essayant de les consoler, ces hommes qui gardent le
silence. Ils sont tous ou trop vieux, ou trop jeunes,
pour aller au front. Certains hommes sont mutilés :
ils ont un bras coupé, un œil crevé, une jambe
bandée. S'agit-il d'un accident ou ont-ils mutilé une
partie de leur corps pour ne pas aller à la guerre ? La
position repliée de ces blessés trahit l'humiliation.
La vérité saute à la figure de Chloé. Elle est effrayée
par ces femmes qui envient sa jeunesse, par ces
hommes qui jalousent son corps.

Peu à peu les hommes et les femmes se rappro-
chent. Entourent Pline et Chloé, formant ainsi un
mur autour d'eux. Un mélange de regards grossiers,
de corps puant la sueur et le sang. Et ce mur se
referme davantage.

La route est cahoteuse. Le camion est fortement
secoué de toutes parts et, à l'intérieur, on s'accroche

pour ne pas perdre l'équilibre. Une vieille femme vêtue de noir s'adresse alors à Pline d'un air cynique :

— Faudrait pas que tu tombes, hein, parce que la petite risque de s'étouffer.

Elle se met à rire. Les autres l'imitent. Elle prend la chaîne. La fait balancer.

— C'est à cause de ça que tu vas pas à la guerre, hein ?

Et sans laisser à Pline le loisir de réagir, elle lui crache au visage et le frappe violemment.

— Salaud, dit-elle, t'es rien qu'un salaud !

Pline s'écroule. Chloé bascule sur lui. Tous les autres éclatent de rire.

— Mon mari est mort à la guerre il y a vingt ans... Aujourd'hui, mon fils a pris la relève sur le champ de bataille. Et toi, t'es là, avec ta petite putain attachée à cette chaîne. T'as pas osé te crever un œil ou te casser un bras... T'es là avec tout ton corps pendant que les autres se font tuer, pendant que nous autres, on souffre aussi... T'es un salaud !

Un brouhaha se fait entendre à l'intérieur du camion. Chacun lance des injures à l'endroit de Pline et Chloé. On les bouscule. On les frappe.

— Des lâches comme vous ne méritent pas un abri, dit la vieille femme. Qu'on les jette dehors, ils prennent trop de place...

On ouvre les portes arrière du camion. Un rayon de soleil pénètre à l'intérieur et déjà Pline et Chloé se sentent soulevés, frappés puis projetés à l'extérieur tandis que le véhicule poursuit toujours sa route.

Pline souffle doucement sur les yeux endormis de Chloé. Celle-ci ressent un léger chatouillement, tourne un peu la tête puis finit par ouvrir les yeux.

— Chloé, il va falloir partir, regarde...

Et avec son index, il indique l'horizon. Là-bas, les nuages pourpres ressemblent à de grosses taches multiformes, inquiétantes. Le vent dégage une chaleur anormale en soulevant le sable du désert.

Pline regarde Chloé. Dans ses yeux, il lit le désarroi et la peur. Aller où ? Devant eux, il n'y a qu'une étendue désertique. Aucun abri, aucune cachette pour se protéger de la bombe.

— Tu crois qu'elle va éclater ? demande Pline.

Chloé songe aux yeux fous du président. Se lève.

— Oui, il faut marcher... Je me sens déjà mieux...

Mais Pline fait la moue en voyant boitiller son amie. Il revoit Chloé projetée hors du camion, le corps totalement à l'opposé du sien. Il revoit la chaîne se distendant, il pense à la secousse terrible qui a blessé son cou. La tête tournoyant malgré elle. La chute inévitable. La jambe recevant tout le poids du corps et Chloé, étendue par terre, étouffée.

— J'aurais dû aller à la guerre. Ils ne t'auraient pas jetée hors du camion...

Chloé avance en tirant sa chaîne, entraînant Pline malgré lui.

— Cette guerre ne nous concerne pas. Aurais-tu préféré te casser un bras, te crever un œil comme ces imbéciles pour ne pas y aller ? Ils se sont niés. Nous, nous nous sommes liés...

— Nous n'avons aucune chance de nous en sortir.

Chloé ne répond pas. Elle poursuit sa route d'un pas énergique malgré sa jambe qui fait terriblement mal.

Tout à coup, une immense boule de feu apparaît dans le ciel sombre. Le sable est littéralement balayé et la boule avance en spirale. Comme une tornade.

— Couchons-nous par terre, s'écrie Chloé.

Un bourdonnement se fait entendre. Un bruit étiré, lent. La boule se change en un immense champignon orange envahissant le firmament.

— La bombe ! La bombe !

Pline et Chloé sentent une chaleur intolérable parcourir tous leurs muscles. Une partie du sable s'enflamme. Le feu court dans le désert. Chloé tire la chaîne pour entraîner Pline de son côté car les flammes se dirigent vers lui. Pline étouffe, ne parvient pas à rejoindre sa compagne. Le feu l'atteint, l'étrangle, tandis que Chloé se roule dans le sable, suffoquée par la chaleur.

Chloé ouvre les yeux. Son corps est encore tout chaud. Elle se croit incapable de bouger. Elle se demande un moment si elle est réellement en vie ou si la première manifestation de la mort n'est pas cette hésitation entre l'existence et la non-existence. Elle tend la main au hasard sur le sable en espérant y rencontrer celle de son ami :

— Pline... Pline...

N'obtenant aucune réponse, elle se lève péniblement. En se retournant, elle pousse un cri d'effroi. Son compagnon est étendu à ses côtés, le corps à demi calciné. Affolée par cette peau noire, Chloé tente de s'enfuir mais le corps de Pline, rivé au sien par la chaîne, la suit toujours. Quel spectacle macabre ! Elle s'arrête. Tremblante, elle touche la chaîne que l'explosion n'a pas détruite.

— Pline, Pline, je t'en prie, réveille-toi...

Au fond d'elle-même, elle sait que tout est perdu. Le corps de Pline est trop noir, ses yeux trop vides pour que la vie puisse encore y loger. Elle éclate en sanglots. Pourquoi Pline est-il mort, la laissant seule ? Comment se fait-il qu'elle soit encore vivante ?

Chloé jette un regard autour d'elle. D'un côté, le sable est noir. De l'autre, il reste jaune. La bombe ne détruit maintenant que la moitié du paysage, la moitié des gens sur son passage. On a poussé la perfection jusqu'au cynisme.

La jeune fille frissonne. Il faut partir. Ne pas rester ici et risquer de brûler comme Pline. Fuir.

Elle se lève. Tire sur la chaîne. Le cadavre glisse sur le sable et Chloé avance en boitant. Le licou lui scie la peau. De temps à autre elle doit s'arrêter, dégager la masse de sable qui s'accumule sous le corps de Pline, l'empêchant de glisser. Alors elle le regarde. Chaque fois, il lui semble que le cadavre éventré de Pline se décompose un peu plus. Les rares fragments de peau blanche se gonflent de cloques putrescentes.

Chloé poursuit sa route péniblement. Elle ne sent plus le poids du cadavre. Elle ressent plutôt la chaleur du soleil sur sa nuque. Le ciel a retrouvé sa teinte bleutée. Il faut marcher même si ses jambes n'obéissent pas. À chaque pas, des tas de souvenirs refluent à la mémoire de Chloé. Elle est fatiguée. En glissant, le corps de Pline semble se déchiqueter. Elle ressent un malaise à le traîner.

— Viens, Pline, viens dans mes bras...

Elle se penche vers le cadavre. Le soulève. Elle est étonnée de constater à quel point il est léger.

Lentement, elle le hisse sur son dos. Le ventre ouvert de Pline dégage une odeur insupportable. Chloé l'ignore. Courbée sous le poids de l'homme, elle se sent proche de Pline, peut le serrer davantage contre elle. Toucher. Toucher son amour. Ressentir le besoin d'être collée à lui.

Chloé poursuit sa marche sans vraiment savoir où elle va. Le vent souffle de nouveau de façon inquiétante. Il fait froid. On dirait que le sol se dérobe sous ses pieds. Elle trébuche à maintes reprises. Et puis sa tête se met à tourner. Une drôle

de sensation envahit son cerveau. Des images
bizarres rôdent autour. Elle ne parvient pas à bien
discerner ces visions vaporeuses. Ces mirages éton-
nants. Mais malgré l'étendue du désert, elle se sent
coincée entre deux murs. Ceux-ci deviennent tout à
coup d'immenses visages qui la fixent. Sur chacun
d'eux, ces mêmes yeux déments : le regard fou du
président. Chloé veut chasser ces images grotesques.
Elle presse le pas mais une ombre invisible se colle à
ses talons. Elle se retourne. Pousse un cri d'effroi :
des milliers de cadavres à demi squelettiques sont
enchaînés à ses pieds. Elle tremble. Oui. Ils sont
bien des milliers à avoir péri sous la bombe, comme
Pline. Ils sont bien des milliers quelque part sous le
sable brûlé ou dans des villes ravagées. Ils sont bien
des milliers étendus, déchirés comme des mannequins
inutiles. Et il y a bien l'autre moitié aussi, ces autres
milliers que l'on a épargnés pour l'instant. Ces
autres milliers qui pleurent sur leurs cadavres.

Brusquement Chloé sent un poids énorme sur
ses épaules comme si d'autres moribonds s'y accu-
mulaient. Elle étouffe. Tousse. Trébuche. Tombe.
Son licou l'enserre, broie les os de son cou. Étendue
par terre, haletante, elle veut reprendre son souffle.
L'odeur de Pline lui donne un haut-le-cœur. Elle se
retourne. Grimace. Met immédiatement ses mains
devant ses yeux. De grosses mouches noires sucent
déjà la chair du cadavre. La peau n'est plus qu'une
plaie repoussante, cachant à demi des os tordus.
L'effet de la bombe nucléaire a accéléré la décompo-
sition du corps.

Chloé tente de s'oxygéner en ouvrant la bouche
et en aspirant l'air par petites saccades. Elle le sait

maintenant. L'odeur du cadavre lui monte à la tête et provoque ces visions cauchemardesques qu'elle ne veut surtout plus revoir. Elle ne pourra plus avancer avec Pline.

Étendue sur le dos, Chloé ne s'est jamais sentie aussi seule. Une douleur tiraille sa poitrine. Elle regarde Pline sans grimacer cette fois. Sans même apercevoir la laideur de son corps. Pline, c'est aussi ces os-là, c'est aussi cette chair-là, c'est aussi cette odeur-là.

Elle se penche vers son compagnon. Lentement. Puis, elle embrasse ce front hideux, ces orbites vides, ces joues visqueuses. Alors, prise d'un tremblement indescriptible, elle touche tout le corps défait de Pline. Ce tremblement se change bientôt en une sorte de frénésie. Chloé entoure le cadavre de ses bras, l'enserre, le berce doucement.

— Pline, je suis encore là... T'en fais pas...

Elle reste là, à se balancer lentement avec la mort entre les bras. Puis, déposant Pline par terre, elle le recouvre de sable. Elle commence d'abord par les pieds, les jambes, le bassin et la poitrine, ne laissant que le visage à découvert. Elle attend, immobile, en tenant la chaîne et le licou de Pline. Puis lentement, elle dépose du sable par petites poignées sur sa figure.

Quand son compagnon n'est plus qu'une image sous le sable, elle aplanit le sol avec ses mains, en contournant la chaîne qui la relie encore à Pline. Elle reste là, suspendue, attachée au-dessus de la tombe. Se couche sur le sable.

Le vent fait virevolter les cheveux de Chloé, et le ciel a repris sa teinte violacée. Mais la jeune fille ne voit rien. Ses yeux mouillés se ferment d'eux-mêmes. Elle croit s'enfoncer dans le sable chaud. Un léger frisson parcourt son dos lorsqu'elle sent la carcasse de Pline s'incruster dans sa peau. Soudain, Pline et Chloé ne sont plus qu'une même chair décomposée, qu'un petit tas d'ossements enfin soudés...

LE POÈTE A CRAQUÉ
(Journal de bord d'un biographe)

«Je suis un piéton, rien de plus. »

Arthur Rimbaud

12 mai

Aujourd'hui, j'ai ratissé toute la côte. Je n'ai rien trouvé. Il faudra demain s'éloigner du rivage. Je croyais que les côtes suffiraient. Maintenant la recherche sera plus longue, plus difficile. Les marins ne comprennent pas le sens de ce voyage. Je leur ai pourtant expliqué. Comment pouvons-nous chercher ensemble quand certains ne saisissent pas la signification de cette recherche ? Les marins ne perçoivent pas la mer avec les mêmes yeux que moi. Pour eux, les vagues sont devenues une matière apprivoisée. Ils laissent le vent s'agripper à leurs cheveux avec l'indifférence de ceux qui ont conquis le ciel. Moi, je regarde avec des yeux neufs. Mais je ne vois rien.

13 mai

Ce matin, j'ai discuté avec le capitaine. Il m'a demandé si je voulais vraiment m'avancer vers l'ouest. J'ai dit oui. Il m'a répondu que plus on avancerait, plus mes chances de succès seraient minces. Je me suis contenté de hausser les épaules. Il m'a salué, puis il est parti donner des ordres à l'équipage. J'ai senti une espèce d'ironie dans son salut. Un capitaine ne courbe jamais l'échine devant un compagnon de voyage. Je sais qu'il trouve mon odyssée farfelue. Je sais qu'en ce moment, pendant que j'écris ce journal de bord, les marins jouent aux cartes et se moquent de moi. Je m'en fous. Je les paie pour conduire ce bateau.

J'ai regardé la mer tout l'après-midi. Appuyé au bastingage, je scrutais le moindre mouvement des vagues. J'ai remarqué que l'eau est un arc-en-ciel unique. La mer est bleue, la mer est verte, la mer est rouge. Ou bien mes yeux me trompent. Il faut se méfier de l'océan. La mer hypnotise. J'ai encore la tête pleine de bruits sereins, cris de vent et d'oiseaux, mouvements écumeux de vagues.

Je relis ce passage et je me sens ridicule. Ce journal de bord doit uniquement refléter mes activités journalières, je n'ai pas à y noter des réflexions pseudo-poétiques. Je ne suis pas un poète. Je suis un biographe. Je fais des anthologies. Si Roubane lisait ce passage, il me trouverait ridicule.

14 mai

Aujourd'hui, encore rien. De l'eau, toujours de l'eau, encore de l'eau. La tension monte parmi les membres de l'équipage. Nous sommes en mer depuis une semaine déjà. Il faut continuer.

15 mai

Le seul paysage que je vois depuis une semaine, c'est un désert bleu à perte de vue. J'ai l'impression d'avoir la tête vide, vacillante et limpide. En regardant l'océan aujourd'hui, j'ai failli me jeter dedans. Je ne sais plus très bien si j'ai cru tomber ou si j'ai voulu me lancer à l'eau. Les vagues m'hypnotisent, me paralysent et m'engloutissent. C'est affolant.

16 mai

Aujourd'hui, toujours rien. Les marins ne me regardent plus. J'ai l'impression qu'ils complotent dans mon dos. Quand je me penche pour regarder la mer, j'ai peur qu'on me précipite à l'eau. Puissance de l'eau qui m'attire, puissance des marins qui me haïssent. Je suis coincé entre la fascination et la peur.

Mireille a communiqué avec moi cet après-midi par l'intermédiaire de la radio. Il paraît que Roubane est populaire maintenant. On ne parle que de lui dans les cercles littéraires. On cherche ses textes. Je l'ai mise au courant de mes recherches insensées. Avant de me laisser, elle m'a dit, non sans sarcasme : « Dépêche-toi, sa cote est haute. Sa poésie vaut cher maintenant qu'il est mort… » J'aurai un argument de plus pour persuader les marins. Je fais ce voyage pour la même raison qu'eux : l'argent…

La mer m'appelle déjà. À moins que ce ne soit la nuit. Je vais faire un tour sur le pont avant de dormir.

17 mai

(Le matin). Personne n'est levé. Je n'ai presque pas dormi cette nuit. J'ai flâné sur le pont. Le paysage était fantastique. J'aurais envie de décrire le reflet de la lune sur les sillons paisibles de l'eau. Mais ma poésie fait cliché. Je suis vraiment ridicule quand je me prends pour un poète. Néanmoins, j'ai constaté que l'océan et la nuit se répondaient si bien, se confondaient tellement dans une seule et même boule que ce chaos originel a dû donner naissance à la lumière. On n'imagine pas l'eau et la noirceur sans la lumière. La beauté qui m'entoure me fait dire des bêtises. Je dois revenir à mon journal de bord.

J'ai relu le passage d'hier où j'ai écrit : « Je fais ce voyage pour la même raison qu'eux : l'argent. » J'ai honte. Je devrais biffer cette phrase. Au fond, j'ai une bonne excuse pour l'avoir écrite. Je cherche un contact avec l'humain. Je cherche des affinités. Je voudrais entraîner mes proches à croire qu'on peut encore trouver des bouteilles à la mer.

(Durant la journée). Je n'ai pas succombé au désir des flots. Tout en scrutant la mer, j'ai conservé une certaine distance, préoccupé que j'étais par mes projets, mes ambitions. J'ai pensé constamment à la biographie de Roubane et à l'anthologie des poètes modernes que je prépare. Quelle place occupera Roubane parmi ces poètes maudits ? Comment vais-je qualifier sa poésie que personne ne connaît vraiment ?

Je ne dirai pas que j'étais un ami intime de Roubane. On croirait au favoritisme. Par contre, je dirai que j'ai assisté à son agonie, sur son lit d'hôpital. Parce que cette mort était poésie vivante. Cette mort était parole vivante. Je dirai que Roubane n'a pas cessé de parler pendant que son cœur pompait ses dernières gouttes de sang. Je dirai qu'il décrivait un monde magique, qu'il nous prenait à témoin pour voir avec lui telle ou telle vision. Je dirai qu'il nous inventait des personnages : il nous transformait en vent, en pluie, en neige et il orchestrait cette nature insolite. Je dirai les phrases qu'il créait en même temps qu'il vomissait le sang. Je dirai le tremblement de sa pupille, l'écartement de ses doigts pour saisir la beauté. Je dirai le voyage qu'il racontait, les îles de l'Atlantique qu'il a visitées. Je dirai que sur l'une d'elles, il a écrit des poèmes qu'il a enfouis dans des bouteilles avant de les jeter à la mer. Je raconterai cette dernière vision, ces dernières phrases : « Regarde la mer, regarde-la... Elles frissonnent, seules et abandonnées... Nous flottons, c'est notre grand malheur... » Je dirai que le poète a éclaté comme les bouteilles sur les récifs.

Je reprends le crayon que j'ai lâché. Je suis encore bouleversé par ce jet de mots sorti de moi. Je sens le bruit des vagues contre mes tempes. Les mots nouveaux sont trop dangereux pour moi, habitué au journal de bord, aux biographies, aux anthologies. Je referme le cahier.

18 mai

Terre en vue. Nous avons abordé Corvo, petite île de l'archipel des Açores. Le capitaine m'a dit que nous étions très loin, me signifiant par là qu'il était peut-être temps de rebrousser chemin. Mais je crois que nous touchons au but. Roubane n'a-t-il pas vécu sur une de ces îles ? N'a-t-il pas envoyé ses bouteilles lorsqu'il était aux Açores ? J'ai demandé au capitaine d'accoster demain à Corvo. Peut-être trouverais-je une trace du passage de Roubane ?

19 mai

Imaginez un endroit où vivent cinq cents habitants, éloignés de leur plus proche voisin par des kilomètres d'eau. Imaginez le contraste des maisons blanches sur fond de ciel bleu. Imaginez le noir des vêtements se mariant aux bâtiments clairs du village. (Décidément, mes descriptions poétiques ne s'améliorent pas.) Nous sommes allés sur Corvo. Accueillis d'abord froidement par les pêcheurs, nous avons senti ensuite toute la tendresse de ces gens simples. Je suis resté un peu à l'écart, envieux de la facilité qu'ont les marins de comprendre les pêcheurs. J'ai saisi que la mer a un langage commun à tous ceux qui la connaissent. Au bout des mains, au bout des yeux, au bout des lèvres.

Nous avons visité l'île en quête d'une trace. Corvo ne contient qu'un village, Rosario, érigé sur un petit plateau formé par une coulée de lave refroidie. Un marin parlant un peu portugais s'est informé auprès des gens du passage d'un inconnu. Personne n'a semblé avoir vu ou connu Roubane. Ici, il n'est pas venu d'étranger depuis longtemps.

En marchant le long des escarpements rocheux tombant à pic dans la mer, j'ai pensé à ces habitants qui n'ont que cette étendue d'eau salée pour tout univers. J'aurais voulu voir l'intérieur de ces vagues. J'aurais voulu me glisser dans la profondeur des lames. J'aurais voulu me griser de la brise. J'aurais voulu pleurer. On ne pouvait pas être plus présent au monde que sur cette île, dans le chant du vent, parmi ce froissement des flots sur les récifs. « Regarde la mer, regarde-la... »

De retour sur le bateau, les marins tinrent un conciliabule. Le capitaine est venu me voir. « Nous refusons d'aller plus loin », me dit-il. Il a tenté de me convaincre de l'absurdité de cette recherche en me montrant une carte et en pointant l'océan Atlantique. Il a dessiné un tout petit point près de Corvo en reproduisant les proportions du bateau. Il a dit : « Le point que vous cherchez, ces petites bouteilles à la mer, est microscopique comparé à ce point représentant le bateau. » J'ai compris en voyant cette masse bleue sur la carte. J'ai vu aussi les huit autres îles des Açores. J'ai répondu : « Donnez-moi une dernière chance... Jusqu'au 22 mai, le temps de faire le tour de l'archipel. Je crois sincèrement que nous touchons au but. » Le capitaine a fait la moue. « Bon, a-t-il répondu résigné, jusqu'au 22... Ensuite nous partons... » Je voulais gagner du temps. Au fond, je savais que la recherche était vaine, mais j'avais encore l'odeur du vent dans mes narines, le bouillonnement de l'eau sur mes tempes. Avant de sortir, le capitaine s'est retourné pour me dire : « Quelle importante richesse y a-t-il au fond de ces bouteilles pour que vous vous acharniez à poursuivre cette recherche insensée ? » J'ai haussé les épaules et j'ai lancé : « Rien... Rien... »

Quand le capitaine est parti, j'ai pensé à ce « rien » échappé de ma bouche et j'ai eu honte. Par ce rien, j'ai trahi la poésie, celle de Roubane et des autres. Je renie déjà le caractère sacré de mon voyage. En fait,

156 LA VALISE ROUGE

à force de scruter la mer, je me demande si Roubane a vraiment écrit ou si toutes ses révélations sur son lit de mort ne sont pas des divagations sorties d'un cerveau malade. Rien. Suis-je tombé dans la folie de Roubane ? Comment dire au capitaine que je cherche des mots, une trace, un message dans une bouteille, peut-être un S.O.S. sans passer pour fou ? Mieux vaut se taire. Trahir.

20 mai

Nous avons visité aujourd'hui les îles de Flores, Faial et Pico. Je dis « visité » car c'est bien du tourisme que nous faisons. Nous contournons les îles sans descendre sinon pour nous approvisionner. Bien sûr, je scrute encore l'océan mais mes yeux s'attardent de plus en plus sur la beauté de la végétation de ces îles. Nous voyons la surface des choses en longeant les côtes de Flores, Faial et Pico mais cette surface me frappe et renverse mes plus intimes sensations intérieures.

Si je pouvais décrire ces îles avec un mot, je dirais que Flores est une fleur, que Faial représente le bleu et Pico une montagne. Mais je vois bien l'inutilité des mots. On ne peut définir le monde avec des mots aussi réduits. Et je pense à la trace de Roubane. Je pense à la poésie. Je pense à ce rien...

21 mai

Nous avons contourné Graciosa, São Jorge et Terceira. Toujours rien. Je ne cherche plus. J'essaie simplement de ne pas trop m'attacher à ces îles. J'ai la nature à fleur de peau. Les moulins à vent de Graciosa et les clochers de Terceira me font signe mais je fais la sourde oreille. Je regarde ces toits rouges, ces toits d'ardoise émergeant des arbres, des montagnes et je pense à l'humain sous ces toits. Je pense à l'humain, replié sur sa vie de pêcheur ou d'agriculteur. Je pense à l'humain fatigué de cette vie de misère, malgré cette nature enveloppante et qui rêve en regardant l'océan. Je pense à l'humain rêvant au bruit et au progrès d'une Amérique imagée, embellie. Se doute-t-il, l'humain de Graciosa, de São Jorge et de Terceira que, sur son continent, l'humain de l'Amérique regarde aussi la mer en pensant au paradis des Açores ? Les plus grands rêves de l'humain se vivent sur l'océan. Les plus grands rêves des uns et des autres se touchent, se heurtent, se fracassent entre l'Amérique et les Açores. « Nous flottons, c'est notre grand malheur... » Nous flottons à la surface des rêves...

22 mai

Au moment où j'écris ces lignes, nous rebroussons chemin. Je ne sais pas si mes mots ont un sens ce soir. J'ai la tête qui chavire et je suis saoul.

Ce matin, nous sommes arrivés à São Miguel. J'ai voulu descendre au port de Ponta Delgada, la capitale. J'ai demandé qu'on me laisse seul dans les rues de la ville. Je cherchais Roubane. J'avais l'impression qu'il était venu dans ces rues étroites, qu'il s'était promené sur ces dalles de pierre et qu'il avait admiré ces édifices moyenâgeux. J'ai arpenté les places publiques. Je regardais les gens et je me disais : « Cet homme a peut-être connu Roubane... il a parlé avec lui, il sait à quel endroit le poète a jeté ses bouteilles... » Sous un chapiteau à trois arcs, près d'un monument (celui de Cabral, je me souviens du nom), j'ai croisé une femme qui a baissé les yeux en me voyant. J'ai pensé que mon visage, ma nationalité, lui rappelaient sans doute quelqu'un. Je me suis dit : « Cette femme a aimé Roubane. Cette femme a touché son front, effleuré sa bouche, embrassé sa poitrine. Ils ont fait l'amour ensemble. Ils se sont aimés mais maintenant, elle a profondément mal, cela se lit sur chaque trait de son visage... » Alors je l'ai suivie. Elle a emprunté différentes avenues, s'est arrêtée dans une boutique pour y acheter des pâtisseries puis s'est avancée dans un parc, s'est assise sur un banc devant le buste d'une statue. Nous étions dans le *Jardim Antero de Quental* et le buste était celui du poète Antero de Quental.

La jeune femme s'est levée pour poursuivre sa route. Peut-être pensait-elle à Roubane au moment où elle marchait d'un rythme lent le long des rues bordées d'arbres. Il faisait chaud et le soleil dansait sur mes paupières. Je me souviens de certains noms inscrits sur des plaques : *Largo de Matriz, Rua da Misericordia*. La femme s'arrêta devant un grand édifice, y entra. Je fis de même. À l'intérieur, les murs de céramique donnaient un air austère, presque religieux aux pièces faiblement éclairées. À n'en pas douter, je me trouvais dans une bibliothèque ou dans une salle d'archives. La jeune femme était maintenant assise à une table et feuilletait de gros volumes anciens. Je fis le tour de la salle pour ne pas trop attirer l'attention et je remarquai une exposition de manuscrits anciens. En les examinant de plus près, je vis une des collections les plus complètes des œuvres de Luis Vaz de Camões, le plus grand poète portugais. La coïncidence me frappa. J'étais stupéfait. Je cherchais la trace du poète Roubane et voilà que j'avais trouvé d'abord celle de Quental puis celle de Camões. Je n'avais plus besoin d'aller plus loin. Le buste et le manuscrit m'apparurent tout à coup inutiles, presque ridicules. Je cherchais une trace pour agrémenter mon musée. Il y avait eu l'homme derrière Quental et Camões mais il ne pouvait rien rester qu'une trace fragile, un buste, un manuscrit, malgré la mémoire des historiens, des biographes et du peuple. Il était temps de retourner chez moi.

Sur le bateau, les marins fêtaient déjà leur retour. En levant l'ancre, l'un d'eux a crié : « Une bouteille à tribord ! » Je me suis précipité sans deviner que le rire gras des marins annonçait une mauvaise blague. J'ai repêché une bouteille de vin rouge. En voyant mon air déçu, ils ont ri de plus belle à leur plaisanterie. J'ai ri aussi et je me suis saoulé. Les vapeurs du vin sont un peu effacées mais ma tête éclate encore. Nous rebroussons chemin. Nous ne passerons pas par Santa Maria, la dernière île. Le fantôme de Roubane s'y trouve peut-être, tapi sur quelque plage imaginaire.

17 juin

J'ai refusé d'écrire mon journal de bord au retour. Mais maintenant, c'est plus fort que moi. Je continue d'écrire car j'ai encore l'impression d'être sur l'océan même si je suis revenu dans mon petit appartement

de Montréal. J'entends toujours le bruit des vagues,
le cri du vent. Je vois toujours ce mouvement bleu
quand je ferme les paupières comme si la danse de la
mer se poursuivait au fond de mes yeux.

Dans la biographie de Roubane, j'écrirai qu'il
avait inventé la poésie mobile sur un bateau en
partance pour l'océan. Mais j'ai peur que tout cela
soit faux. J'ai peur que Roubane n'ait jamais touché
à un crayon.

28 juin

Je ne crois plus à *L'Anthologie des poètes modernes*
que je veux écrire. J'ai rencontré certains poètes. Ils
m'ont parlé du bruit de la fureur, des graffiti sur les
murs sales, du béton d'une beauté agressive. Pour
me croire en bateau dans mon appartement, pour
entendre le bruit de l'eau lorsqu'une voiture pétarade,
je sais que la poésie urbaine existe. Mais où donc est
la place de Roubane ? Je suis de plus en plus mal à
l'aise et j'ai peur de le trahir une seconde fois. Au
fond, Roubane n'a peut-être jamais écrit. Peu importe
maintenant. Il a fait plus. Il a mis en scène la poésie
une dernière fois. Il a donné à voir des tableaux
vivants dont j'étais l'unique, le dernier spectateur.
Le poète a craqué dans le carcan de sa folie.La poésie
aussi. Mais moi, j'ai le goût du sel sur les lèvres,
j'entends le bruit de l'eau qui frappe à mes tempes,
j'ai la vision de la montagne, l'odeur de la fleur, la
chaleur des gens simples. Pour toujours. Même si
tout se fracasse contre les rochers.

(Photo : Mario Belisle)

Jacques Lazure est né à Saint-Isidore de Laprairie le 20 août 1956. Après avoir fait des études en lettres au Cégep Saint-Jean-sur-le-Richelieu et un baccalauréat en communications à l'Université du Québec à Montréal, il affronte le passionnant monde du travail. Il s'attaque aux médias communautaires et à la publicité avant d'aborder sa période « j'cours les concours » (air connu). Ainsi, il gagne à deux reprises au Concours des jeunes scénaristes de Radio-Québec, obtient un 2e prix au Concours Robert-Cliche 1985 et est sélectionné parmi les concurrents du premier Concours de Nouvelles organisé par Radio-Canada.

Auteur de nombreux textes pour enfants avec la troupe LES ANIMERIES, il aborde, en 1986, sa période « libre entreprise » en se spécialisant dans la rédaction multi-médias et en fondant LE PAPIER BAVARD. Mais le scénariste, l'auteur ou le rédacteur n'a pas encore de cigares ou de fauteuil capitonné, seulement un répondeur automatique qui lui assure son statut de pigiste.

Boursier du ministère des Affaires culturelles, il publie son premier recueil de nouvelles, *La Valise rouge*. Jacques Lazure a entamé, depuis peu, sa période « Y a-t-il un producteur dans la salle ? »

Lithographié au Canada
sur les presses de
Métropole Litho Inc.

COMPOSÉ AUX ATELIERS
GRAPHITI BARBEAU, TREMBLAY INC.
À SAINT-GEORGES-DE-BEAUCE